你的身体，
比你更爱你自己

急诊科医生手记

[美]米歇尔·哈珀 著

李镭 译

中信出版集团｜北京

图书在版编目（CIP）数据

你的身体，比你更爱你自己：急诊科医生手记／
（美）米歇尔·哈珀著；李镭译 . -- 北京：中信出版社，
2022.4
书名原文：THE BEAUTY IN BREAKING
ISBN 978-7-5217-3515-4

I.①你…　II.①米…②李…　III.①散文集－美国
－现代　IV.①I712.65

中国版本图书馆 CIP 数据核字（2021）第 188324 号

你的身体，比你更爱你自己——急诊科医生手记
著者：　　　〔美〕米歇尔·哈珀
译者：　　　李镭
出版发行：中信出版集团股份有限公司
　　　　　（北京市朝阳区惠新东街甲 4 号富盛大厦 2 座　邮编　100029）
承印者：　　北京诚信伟业印刷有限公司

开本：880mm×1230mm　1/32　　印张：8.25　　　字数：136 千字
版次：2022 年 4 月第 1 版　　　　印次：2022 年 4 月第 1 次印刷
京权图字：01-2021-5928　　　　　书号：ISBN 978-7-5217-3515-4
　　　　　　　　　　　　　定价：48.00 元

版权所有·侵权必究
如有印刷、装订问题，本公司负责调换。
服务热线：400-600-8099
投稿邮箱：author@citicpub.com

作者题记

我有意修改了手稿中的一些细节，特别是关于病人、同事、不同医院和其他地点的关键信息。虽然名字和日期被改变了，但故事中的人物经历是真实的，一如书中所述。

献给讲述真实的人和寻求真实的人；

献给真诚生活的人；

最后，

献给那些有勇气自由去爱的人。

目录

引　言

神会一次、一次、又一次地将心打破，直到它被永远打开。

——哈兹拉特·伊纳亚特·汗

我捧着病人的头，看着他满含泪水的眼睛。

他的头顶不断涌出血来，身旁的监护仪器发出哗哗声，护士轻轻拔掉输液器导管的封口，有人推来沉重的设备，轮子吱吱尖叫着。第一次在急诊室值班的两个实习医生努力克制着，却还是发出了惊呼。

医学院不会讲授作为医生要面临的这个场景，无论你对病例多么熟悉，也不会帮你做好心理准备。直到这一刻，你才会真正知道：你就是那个负责拯救生命的人。生命正从你的指缝间缓缓流走，在明亮的荧光灯下等待拯救。

我就是那个医生——双手捧着一位 20 岁男子中枪的头。我还抱起过刚离开妈妈的子宫、来世间呼吸第一口空气的婴儿，拥抱过为垂死丈夫祈祷的妻子——她的丈夫被重度肝病折磨得奄奄一息，她只能恳求上苍，将丈夫的痛苦带走。

我并不具备特殊的力量，也不比任何人更懂得如何看待死亡。我只知道，每周中有 36 小时，我会在一片混乱的医院急诊室里，成为病人的疗伤药、解毒剂，有时候甚至要成为送他们渡过冥河的摆渡人。大多数时间里，我的工作是阻止死亡。当我成功的时候，我会把病人送回这个世界；当我失败的时候，我会陪伴病人，直到他的生命逝去。

我不认为凭一己之力就能改变别人的命运。有时候，不管病人、家属、朋友或者医生有着什么样的决心，死亡终究还是会到来。那时我就是见证者。我只能做一名摆渡人，看着病人呼出最后一口气；做一名守夜人，报出那个最后的时刻，告诉这个世界，斯人已去。

我们在这个世界上都只会停留很短一段时间。在奋斗的几十年里，我学会了培养一种宁静状态。这种宁静产生于我童年时偶然发现的一种游离感。正是这种游离感让我可以忍受一位家暴的父亲和一个充满伤害的家庭。

当我开始写这本书之时，我认真回顾了自己的过往人生：我和大学恋人的婚姻已经结束，搬到新的城市，开始了一份新工作。适应这些变化是困难的，我只能将那些人生的转折点看作一种特殊的际遇，就在那些时间点上，我曾经依赖的一切都突然终结了。我进入了不确定的状态。而就在这些不确定中，我遇到了新的机会。

从小到大，我们都在经历创伤。有一种手工艺术，叫作"金缮"：匠人们会用纯天然材质填补碎瓷片之间的裂缝，将破碎的瓷器修好，把金粉或金箔贴于表面，突出残破之处。如果采用得当的手法、优雅的设计，不但可以还原本已破碎的作品，还能增添一种难以言喻的"残缺的美"。就好像我们在生命历程中难免受到伤害，"金缮"这种工艺就是用最贵重的物质来修补缺憾，不仅能弥合创伤，还让我们的生命因此而绽放出更夺目的光华。

我会在本书中给你讲述急诊科的故事，每个故事都像一阵制造混乱、足以摧毁一切的风暴，然而，只要我们能找到风暴中心，就可以平静而镇定地面对它，并且更加坚毅地成长。

只有这样，你才能从极度痛苦的经历中，一次次治愈，一次次修复，一次次重生。

第 一 章

为 自 己 建 一 个 治 愈 之 所

7 岁半那年，一个宁静的周六下午，只有冰箱的嗡嗡声传来。没有尖叫声、吵嚷声。没有人挥起拳头。没有人被殴打。没有家具被摔在地板上。没有新的瘀青和伤口。那个下午，我拥有绝对的平静：我的哥哥、妹妹和父亲都出去了，母亲在走廊尽头她的房间里。

　　我拿起最喜欢的三个彩虹小马，走出房间下楼。只有我的袜子和木地板摩擦时发出的沙沙声。

　　我 4 岁的时候，全家搬到了华盛顿特区。那时候我们在不到七公里的范围内搬了三次家，第二个家和第三个家距离不到两公里。每一次搬家都是因为我父母想要住在更高档的社区、更好的房子里。这是一场游戏，奖品是更高的地位，他们把房子买下又卖掉，直到最终输了这场游戏。

　　这里是第二号家，位于华盛顿西北部的第 16 街，靠近马里兰州银泉市的边界。

　　我走下楼梯，来到门厅，又穿过门厅来到客厅，最后来到了鱼屋。这是我和妹妹一同给它起的名字，因为它的中央有一只水族箱。

我母亲的娘家人都非常迷信。按照他们的说法，不能从梯子下面走过去；绝对不能打破镜子；回头看新月的时候必须从右边转过头；绝不能劈开一根杆子。这只鱼缸就是因为这些说法才会被摆在这里。依照我父母的解释，它能够激活环境中的"正气"，阻挡负能量。

这里是一小群热带鱼的家。暹罗斗鱼——它们的鱼鳍就像彩虹一样，从李子般浓艳的黑紫色逐渐过渡到红色。水族箱里总会有它们。但每隔几个星期，这些鱼就会死掉。然后我的父母就会买新的鱼，让它们承受同样的命运。我很奇怪，为何他们从不好好分析一下是什么原因造成了水族箱中的集体死亡，而只是简单地换上新鱼。

今天，我一走进鱼屋就注意到，水族箱刚刚被重新加满了鱼。阳光透过玻璃窗倾泻而下，我盘腿坐在地板上，熟练地驾驭着我的"马队"跑过每一道地板缝隙和不断移动的光影。它们都是技巧高超、动作优雅的小马。在宁静如同天堂的家里，小马都能自由撒欢了。

我专注地看着小马在奔跑，整个人感觉轻松、惬意极了。在这宝贵的几分钟里，一直包裹着我的灵魂的盔甲松开了，我完全敞开了自己。然后，就好像展开了小飞马的翅膀，我觉得有另一样东西和我一起在这个房间中飞翔，在天鹅绒沙发旁边，在鱼缸前。我去寻找它，却发现只有我一个人在这个灯光柔和的房间里。我什么都没有看到，但我感知到一个温柔的存在。她的声音是如此熟悉，就好像是我在自言自语一样。

米歇尔，你很好，你以后也会很好。你会很安全。你的母亲也会很安全。你的哥哥和妹妹都不会有任何事。

安全感也许是我唯一想要的东西。而在此之前，我的这个愿望一直都无法实现。

她对我的祝福还在继续：

你会活下去。你一定会活下去。你的母亲也会活下去。你的哥哥和妹妹都会活下去。你会长大，会帮助许多人。你会做很伟大的事情。你一定会的。

我坐在地板上，暂时忘记了一旁的小马，眼睛正随着那一声声祝福而不断睁大。这是一种祈祷得到回应时的恍惚，一种因为感激而生出的惊讶。这一次，我没有任何恐惧。而她就像来的时候一样不知不觉地走了，消失得无影无踪。

我在电视上看到过守护天使。他们总是身穿白色长袍，张开翅膀，飞翔在云团中。但那时我什么都没有看见，只听到一个声音，一个清晰又真实地萦绕在房间里的声音。我无法抑制自己的兴奋——我全心全意地相信天使带给我的这个信息。那是我第一次心中洋溢出快乐。我跳上楼梯，去找母亲，告诉她我们会挺过去的。

就是这个信息支撑我度过了随后的 20 年人生。在这么多个日子里，当所有迹象都在向我表明，我不可能健康成长，不可能再活下去，我就会想起那段天使的耳语，相信自己一定会被拯救。

我无数次地渴望被从家中、从我父亲的手上救走。这个家很漂亮、很大，有树木环绕，有修剪整齐的草坪。这一切掩盖了它内部的疯狂和混乱。

从街上听不到房子里的声音。就在天使到来之前的一天，我在房间里听到楼下家具倒地的声音，还有杂乱的脚步声，有人被重重地摔到墙上。我的母亲在尖叫——"停下！"但她似乎很快就被人掐住了喉咙。

我必须去楼下，必须阻止这一切，必须阻止父亲杀死母亲。

7 岁的我，能做的只有一件事：相信自己仍然爱那个施暴者，那个伤害我和家人的人。在极度恐惧中，我变得浑身僵硬，害怕自己珍视的一切被夺走。我知道自己没资格拥有快乐，尽管我不明白自己做错了什么，是怎样做错的，为什么会做错，但我知道我一定是做了很严重的错事，才会面对这样的局面。

我鼓足勇气下楼，走进厨房，看见母亲一个人站在那里，身体倚靠在墙上。哥哥站在房间中央。地上扔着两把椅子和一把扫帚，到处都是玻璃碎片。父亲不见了。前门敞开着。

"小心，孩子们，不要踩到玻璃上！去把鞋穿上！"母亲喊道。

哥哥把椅子扶了起来。

"天哪，我的耳环丢了。见鬼了！"母亲喊道。

"耳环到底跑哪里去了？"母亲还在嘟囔，就好像这才是眼下最重要的事情。对她来说，可能的确如此。

妹妹努力地在厨房的每一个角落和缝隙中寻找耳环。

母亲拿起扫帚，把碎玻璃扫起来。"小心，孩子们，一定要看清脚下。上帝啊，真希望我没有把耳环扫丢。"

我跑到敞开的前门，向外张望了一番。门外没有人。按照我的家教，我把门用力关好，把家中的秘密关在门内。

只用了几分钟，妹妹就找到了那只镶有蓝宝石的耳环。耳环滚到了门厅里，被地毯的一角遮住了。

"天哪，它怎么跑到这里来了？又是你把它找到了！谢谢你，亲爱的。"她给了妹妹一个拥抱，"我会再找一对备用的。不那么贵重就好。我一定要在楼上另外放一对。"

她把耳环放到柜子上，然后开始清扫碎玻璃。她俯下身时，我看到了她脖子上的红印。她的指甲裂了，边缘有血渍。她用受伤的手指握住簸箕的时候，身体瑟缩了一下。

哥哥攥紧拳头，默默地上了楼梯——过了一会儿，我听见他的房间传来音乐声；妹妹颤抖着坐在厨房里，待在母亲身边；我走进门厅，坐到楼梯最底下的一级台阶上。我等待着父亲回来的时刻。我担心那时妹妹会哭出来。我也等待着自己飞快跳动的心平静下来。我还等待着我们一家人从不会有的讨论。

如果真的会有讨论，那又将是什么样的呢？我们会一起聚在客厅里，三个孩子坐在沙发上，父母坐在客厅两边的古董椅上吗？

如果大家都把实话说出来，父亲一定会这样说：

> 我来自一个充满羞耻和自我厌恶的地方。我从没有学会原谅抛弃我的父母，所以我也从没有学会过爱。我没有花时间从过去的创伤中恢复，而是在我还无法适应任何一种关系时，就选择用婚姻来掩盖自己的创伤。
>
> 每一天，我都没有做出更好的正确的选择。我只是选择让这不正常的人生继续下去，让痛苦和折磨无限循环。正因为如此，我决定放弃健康和真诚。也是因为如此，我选择恐吓你们，剥夺你们的安全感和童年。
>
> 这一切不会停止，直到几十年以后，我最终走出你们的人生。
>
> 是的，我知道我错了。我实在不该做出这些暴行。那样的话，你们就有可能获得一个安稳人生。但也不一定。那样的话，你们就有可能自我治愈。但也不一定。至于我，我会逃离这个地方。也许地狱就是我的圣殿。

作为回应，我的母亲会说出下面的话：

在我成长的岁月里，我学会了依赖，所以我从没有真正发出过自己的声音。我告诉自己，我在帮助一个心碎的男人。而实际上我在做的是找一个人来证明我的自卑，又把这种不正常的关系延续到下一代。

我用财富和幻想填满自己空虚的人生。我找了一个能够给我们提供丰厚物质的男人。你们不都喜欢富足的生活吗？

你们从未有过一整夜毫无恐惧的安眠。也不知道什么是被认可，从哪里能得到爱。你们以后必须要凭自己的力量学到这些技巧。我将允许你们离开，然后独自一人继续自己的生活。

我无法面对自己的痛苦和无能——正是这种无能让我迟迟做不出更好的正确的选择，让我和我的孩子们不断遭受伤害。实际上，是我应该离开……但不管怎样，我现在仍然选择留在这里。保重，孩子们，保重。

我会对他们两个这样说：

大声说出这些事实吧，因为恐惧只会在沉默中滋长和延续。说出真相，会激发出人类解决问题的力量。

如果一件事符合一个人的愿望，那么他就应该全身心地投入那件事；如果一件事会毁掉一个人，那么他就要花时间去尽力解决那件事。

可惜，我们都没有面对自己内心的恶魔，只是一年又一年地保持着沉默。不断打破这种沉默的，只有不知何时就会出现的暴力。

父母经常为一些平常的事情争吵——谁把车钥匙放错了地方，谁去接放学的孩子——这时我的父亲就会向母亲挥起拳头。随着时间流逝，我的哥哥约翰长成了一个身高一米八、肌肉发达的年轻人，当父亲再对母亲动手的时候，约翰就会把他推开，然后两个男人扭打在一起。

我们在华盛顿的最后一个家——第三号家——迁移到了"黄金海岸"。人们都管这里叫华盛顿特区的黄金或铂金海岸，因为这里是历史上华盛顿黑人精英的聚居地。我那时念四年级，进入了一所新的私立女子学校——国家大教堂学校。像所有精英人士一样，我们不会把私密的、中上层人士的家丑暴露在公众面前。我们付出了那么多努力才到了这里，怎么能冒险让我们的完美外壳上出现哪怕是一道裂缝？所有精英人士都知道这些法则：用鸡尾酒送下药片；用化妆品遮住瑕疵和瘀伤；无论付出什么代价都要把所有狼狈迅速清理干净，然后向这个世界展现迷人的微笑、完美的发型和光鲜的衣服。

我只有一次打破过这个规则。那时我还不到 12 岁，在一个星期六的下午，我从二楼的主卧室中逃了出来。为了保护母亲，我青春期的哥哥正在那里和我的父亲厮打。我跑下楼，躲在黑暗中，发疯一样地拨通了电话。

电话接通。"这里是 911。有什么事？"

"我在家里。我们现在不安全。我的父亲在打我母亲。他还在和我哥哥厮打。我们这里不安全！"我悄声对电话说。

"你住在哪里？"接线员问。

我向周围看了一圈，用手捂住嘴，悄悄告诉他我从哪里打的电话，还有发生了什么事。

"我们马上派人去你那里。"

"求你，求你快一点。"

父亲和哥哥仍然在厮打。母亲正用她的鞋拼命捶打着父亲。我大喊着："我已经叫了警察。他们马上就来！"

我的话立刻产生了效果。厮打停止了，但他们还在用语言相互威胁。父亲威胁要让警察抓走哥哥，母亲说她绝对不会让这样的事发生，应该被逮捕的是我的父亲。

门铃响起的时候，他们还在争吵。我打开前门。两个警官正站在门外。一个警官的手按在枪套上，另一个警官双臂交叉在胸前。他们连珠炮似的向我提了许多问题。

"这里有人打 911 了？"

"出什么问题了？"

"这里发生什么骚乱了吗？"

"我们接到呼叫，说有家庭纷争。"

我张嘴想要回答，但站在门口的台阶上，望着这片宁静祥和的社区，我发现答案是如此难以说出口，实在太难了。我看到警车就停在我们房子前面的街道上。我不知道邻居弗雷泽是不是在家；不知道塞米是不是在家——他是我的暗恋对象，就住在街道的拐角处。他有可能会骑着自行车从这里经过，看到警车和我。

"小姐，"站在左边的警官又说话了，他的声音一下子拉回了我的注意力，"是你报的警吗？"

我不知道该怎么描述事情的过程，更不知道该怎样说它是如何结束的。我拼命思考该怎么说，感觉自己呼吸在加速。

就在这时，母亲、哥哥和父亲都围过来和警官说话，每个人都在拼命想要把自己的故事塞进警官的耳朵。

警官们一言不发地听我们说话。最后，他们说："嗯，如果你们全都坚持自己的故事，那么我们就必须逮捕你们两个。"指的是我的父亲和哥哥。

这些警官怎么能这样简单粗暴，曲解事实呢？我父亲的话怎么能相信呢？我的呼救怎么会得到如此冰冷的回应，而不是真正的援助？难道我们还要再受到沉重的一击？

母亲的声音充满了恐惧。"不，不，不，我不想让我的儿子被逮捕。"她不能让哥哥承担进监狱的风险，于是她说，她也不想对我的父亲进行任何指控了。

两名警官看了一眼我的父母，没有再说任何话，转身回到警车里。

他们离开以后，我意识到我们不可能再向任何人寻求帮助了。这里没有法律，没有援助。在警官眼里，我父亲和我哥哥的危险程度是一样的。他们根本不关心我和妹妹、母亲是否安全。对我的父亲，他们连一句口头谴责都没有，就这样将一个女人和她的孩子们继续留在危险中。

我再也没有打过911。我以后也没有再拨过这三个数字。当我的父母再次大打出手的时候，我只是向我的天使祈祷，希望有一天这种暴力会结束，一切都会好起来。

数年以后，在一个阳光灿烂的秋日，在某种意义上，它真的结束了。或者可以更准确地说，我看到了一条出路。

那天，当家庭暴力再一次爆发时，我蜷缩在自己的房间里，认真思考着能用什么作为武器保护我自己和家人，对抗我的父亲。就在这时，我听到父亲跑上楼，把衣服扔进一个袋子，然后拿了他的车钥匙，一句话都没说就走出家门。前门被狠狠地摔上。门外传来汽车发动的声音。我们都希望他永远不要回来了。但我们也都知道，顶多再过几天，他就会回来。

我有些迟疑地下了楼。母亲正站在门厅那里，握着哥哥的手。哥哥左手拇指有一道很深的伤口，正在流血。我们的父亲在被他压倒在地上的时候咬了他的手。

母亲撕下哥哥破碎的衬衫，当作临时绷带给哥哥止血。我禁不住想：什么样的物种，会这样咬自己的家人？

在这一片混乱中，我们还要继续别人眼中优越的生活。母亲要开车送妹妹去参加朋友的生日派对。我刚刚获得了学习者驾照①，就自告奋勇开车送哥哥去最近的急诊室，离这里只有10分钟车程的银泉市。

到了医院，我循着红色箭头来到急诊科停车区的环形车道。哥哥把没受伤的那只手伸到另一边的大腿外侧，才解开安全带，下了车。

急诊室明亮的白色灯光让人感到寒冷，医院的正门却显得昏暗又温暖。

大厅里很安静，我在候诊室找到了哥哥，他正在填表。一个上了年纪的男人坐在房间的另一边。他的头发很乱，皮肤上布满皱纹，让人觉得他的人生一定很辛苦。他身上盖着厚重的棕色风衣，躺在候诊室硬邦邦的椅子上。他的大肚子随呼吸一起一伏，头也不断地左右摆动。有时，他会在很长一段时间里完全停止呼吸，我忧心忡忡地看着他，直到他再喘上一口气。

还有一个年轻人坐在房间一头、朝向正中央的椅子上，手中拿着他的出院报告、药物吸入器和一瓶药。他不停地看向停

---

① 美国一种受限制的驾驶执照，发给仍在学习驾驶的人。——译者注

车场，估计正在等接他的车。急诊室的门开了，一位父亲抱着他的小女儿匆匆走了进来。女孩的腿上有一道可怕的伤口。

我忽然想到，我们会相聚在这里，是因为我们都受到了某种伤害——身体上的，心灵上的。

刺眼的灯光和刺耳的蜂鸣声打破了急诊室的宁静。一辆救护车开了过来。救护车的后门对准急诊室门口停下，工作人员把一位体型肥胖的老人搬到轮床上。医务人员举着一袋液体，袋子下面的软管连在老人的手臂上，药水就从软管输入老人的身体。医务人员把输液袋挂在轮床旁的金属杆上，同时不断向插在老人口中的塑料管泵气。另一名医务人员对老人的胸部进行按压，但老人没有动弹，只有他的身体随着医务人员的猛力按压会有一些无意识的抽搐。他们把老人推进急诊室的时候，他灰白色的胳膊从轮床上垂挂下来，不停地晃动着。

又过了一会儿，一群人涌进了候诊室。他们看上去像是一家人：女人和男人们哭泣着询问他们的父亲、丈夫和儿子。接待处的工作人员低声请他们耐心等待。不时有护士过来叫病人进去。有些病人可以自己走进去，有些需要坐轮椅。他们走进一个个病床隔间后，隔间的帘子就会被拉上。那个受伤的小女孩，那位老人，那一整个家庭——人生的每一个阶段似乎都汇聚在这个空间里。

我们全都在等待，紧张地移开目光，躲避着别人的眼睛。一辆深紫红色的轿车停在外面，那个拿着药物吸入器和出院报告的年轻人喊道："终于来了！感谢上帝！"然后他就收拾好自己的东西，冲出了门。那位用棕色风衣盖住身体的老人还在睡觉。我猜他无家可归。刚刚来的那一家人还在哭泣，他们终于被带了进去。腿上受伤的小女孩和她的父亲手牵着手走出来，腿上多了一块粉色创可贴。她手中抓着棒棒糖，脸上满是笑容，就好像刚刚看了一场马戏。

我看了看表，已经一个多小时了，哥哥却还不见踪影。又过了一段时间，被救护车送来的患者家属们一个接一个地走出来。他们相互搀扶着，一边摇着头，揉搓着双手，走入夜幕中，一边谈论着后事安排，以及该由谁给姑妈打电话。

现在候诊室里只剩下我和那个睡觉的老人。暮色越来越重，我继续等待着。终于，哥哥走了出来，手上裹着厚厚的白纱布。

"怎么样？"我问。

"还好。他们只是给照了 X 光，做了清洁。过两天我还要回来复查，确保伤口愈合。他们说因为咬得很重，所以必须给我缝两针，还给我开了抗生素。"

急诊室这个地方让我感到惊叹，一个同时有耀眼灯光和阴暗走廊的地方，一个如此安静却又充满了生命悸动的地方。一个小女孩带着创伤和眼泪被抱进来，却笑着、蹦跳着出去；流血的哥哥重新出现的时候，受伤的手已被缝合；一个家庭在这天上午应该还是好好的，现在却失去了至亲，要开始新的生活，而这个亲人已经无法在他们的新生活中扮演任何角色；一个无家可归的人能够找到休息的地方，直到他不得不离开。

我们这些人聚集在这个神圣的地方，只为有机会展示我们的创伤，让我们的伤口可以愈合，痛楚得到缓解。如果哥哥的身体可以被修补，那么他的心灵一定也可以被治愈。只要我们认真对待，只要我们给问题一个名字，识别它、检查它，那么我们就有机会修复它，一步步走向痊愈。

回到家，我走进厨房，给自己倒了一杯橙汁，坐到餐桌旁，开始思考自己是多么想要离开这个充满纷争的家，去救治那些受伤的人。我相信，如果我能够在这样的混乱中寻得平静，如果我能够在暴力中找到爱，如果我能治愈这一层层伤口，我就是一位合格的医生，拥有我自己的"急诊室"。这将是我给予这个世界的，也是给予我自己的治愈之所。我可以掌控那个地方，为那些呼救的人解除痛苦，让他们得到慰藉。我会让它变成人们的庇护所。许多年前，那个看不见的天使告诉了我这个秘密。她的声音就像我自己的一样清晰。

第 二 章

每 个 病 例 都 是 一 个 故 事

我在南布朗克斯的慈恩医院完成住院医师实习的时候，那情景和我小时候的想象完全不同。那一刻我只感到焦灼。我坐在礼堂中靠近通道的椅子上，旁边是我的母亲，母亲的旁边是我的继父。我已经告诉哥哥和妹妹，用不着特意赶来参加我的毕业典礼。妹妹那时在军队，而哥哥需要照顾他的家人。其实内心里，我不想让他们看到我现在的样子。我不希望任何人见证这件事。我在医学院的后四年和作为实习医生的四年时间里一直在期待这场庆典，可现在我却觉得像是在参加一场葬礼。我的身边明显有一片空缺——我一直以为我丈夫会在那里。

"丈夫"这个词，已经和我无缘了。

对我而言更准确的词应该是"前夫"。我最后一次和丹在一起是在5月，在我们位于南布朗克斯上百平方米的公寓里。我们的婚姻结束了，但我们还住在一起，因为我要一个多月后才毕业，并搬到宾夕法尼亚去。我们的这幢老公寓尚未售出，我和丹都没有足够的钱住到别的地方去。

我曾经想象过我们一起搬到新的城市，两个人牵手走过鹅卵石铺成的街道。我们会尝试所有的新饭馆，会一直点着蜡烛，房间里还要点缀香子兰和香料琥珀。到了星期三，我们会去博物馆；在星期五举行晚餐会。我们能够自由地支配收入，再过两年，我们就会讨论要一个孩子。

我们的分手就像一部糟糕的电影。一对志同道合的纽约年轻夫妇——他们在哈佛大学的新生聚会上相遇，最终却以充满痛苦的方式分手。他们已经渡过了那么多难关，再有几个月，作为实习医师的妻子就要毕业了，丈夫却亲手毁掉了未来。

"你会有成功的事业，而我却不行。"那天晚上他对我说，"我必须找到自己的事业。所以我能做的只有离开你。"

他说完这句话的48小时之后，我就找到律师，申请离婚。

也许今后孤独会压垮我，而更让我心碎的是，我会失去拥有的一切——我和唯一一个男人建立的稳定关系。

我知道，我们的路已经走完了。分手并不是因为我做错了什么，而是两个人来到了岔路口。丹想要去国外钻研艺术，而我需要开始工作，并通过资格考试。

我的哀伤绝不只是因为孤独和"失去一个男人"。婚姻的破裂唤起了我内心深处被遗弃的感觉。那种感觉一直潜藏在我的婚姻中——我失去了极度渴望，却从未曾拥有过的家庭生活。这才是我哀伤的真正源头。

* * *

现在，在我的毕业典礼上，我悄悄看了母亲一眼，她正自豪地等待着我的名字被叫到。再过几分钟，典礼就要结束了，我可以开始忙搬家的事情了。

记忆中，我的高中毕业典礼算是感觉最好的一次。所有家人都来参加了，外祖母戴着一顶蕾丝帽子，和她的口红很配，外祖父穿着漂亮的西装，面带微笑，一言不发。他是我家的摄像师和观察员。母亲最喜爱的妹妹——我的艾琳姨妈也来了。还有我的父母、哥哥和妹妹。

　　离开家人去上大学是全新的开始：我还是小女孩的时候就向往那个地方。我一边收拾行李，一边戴着耳机听歌，没有忘记带上我心中的孩子。那个女孩才是我，她从没有被允许走出来，探索这个世界，从没有被允许对这个世界充满幻想，被允许肆意放飞自己的心灵。我将她放进一个小盒子里，开车带着她去了遥远的马萨诸塞州剑桥市。我相信，走出兰花街的围墙，她终将找到梦想中的游乐场。

　　我不会详细讲我的大学经历。像哈佛大学这种精英和特权的中心已经被书写过很多了。其中一些描述是真的。比如在我最早参加哈佛的社交活动时，一个白人男同学对我说，我不可能是黑人，因为我和他的两个黑人邻居的说话方式完全不一样。很明显，他是何为"黑人"的仲裁者，所以有权这样对我说话。比如当我参加的一个学生性暴力预防团体向一位院长提出有多项内容的预防方案，并要求调查强奸受害者被保护的情况时，那位院长的回答只有一句："哈佛不会插手你们的事。"没等她把门关上，我们的讨论就已经结束了。比如当我听说富人全是用钱来给他们的孩子购买进入名牌大学的名额，我一点也不惊讶。这种肆无忌惮的不公正，在我们这里已经是尽人皆知的事情。唯一的怪诞之处就是公众仿佛对此一无所知。这些象牙塔就是为那些拥有特权的人服务的，而那些没有特权的人，因为他们无法改变的肤色、家庭阶级、性别、性取向和体能，会失去进入大学的机会。每一所大学都在宣称它们秉承着公平的原则，也许我们有必要认真监管一下它们是否遵守了自己的宣言。

我在医学院的毕业典礼乏善可陈。外祖父母已经无法大老远专程来看我——外祖母的阿尔茨海默病到了晚期，外祖父一直在家里照顾这个维系了他整个世界的女人；我本来不想邀请生父莫里斯来毕业典礼，但他毕竟为我支付了学费。我考入医学院的时候，父母离婚已经有好几年了。这让我和父亲的对话变得尴尬而勉强。我看着莫里斯和我的导师们握手。当他开始讲述子虚乌有的养育我的经历，我立刻转身离开了。当我们摆好姿势拍家庭照的时候，我的紧张情绪一下子爆发了：每一次闪光灯亮起，都标志着家庭带给我的创伤又一次被揭开。

从医学院毕业后，我就和丹结婚了。我决定不邀请莫里斯参加婚礼。事实上，他根本不知道我结婚了。他对我的态度永远是强迫和命令式的，如果我不服从，他就威胁我不再给我提供金钱支持。

那时我就知道，只有切断与他的联系，拒绝他的资助，我才能拥有自己的价值，才能最终正视他的虐待行为。我告诉他，他是我们家的恐怖分子，是他毁掉了家人的生活，让他们不得不长期服用药物，让我母亲至今只要听到大一点的声音就会发抖。我告诉他，如果他还想要联系我，就要先反思自己的行为。

他选择了消失在我的生活中。

* * *

我开始了医院的预实习期。四年急诊医学实习要求我先在其他科室轮转，然后再回到急诊科，完成从第二年到第四年的实习。因为刚离开医学院的新人直接从急诊科开始工作会太过艰难，所以最好先在另一个医学领域接受一年的培训。我想要为自己在急诊科的实操打下一个全面的基础，所以选择了在内科实习一年。我基本上不在乎要在哪里度过第一年实习期。对我而言，那只是必定会过去的 365 天——最终我不会选择急诊科以外的科室。不过我还是决定选择一家薪酬较高，也比较富裕的医院，这样我能用更好的物质享受来抵消无法进入急诊室的焦灼与痛苦。我在长岛一家繁华地区的医院里尽职尽责地完成了那一年的实习。那时我每天走进医院大厅，都能听到钢琴家弹奏的古典音乐，或是竖琴家演奏的小夜曲。

（让我没有想到的是，就算这样也无法平息我每天对下一个医学家园的渴望，我已经做好打算，它会在南布朗克斯。）

预实习期几乎是让所有进入医疗领域的人都感到痛恨的一年。有些人像我一样努力倒数着每一分钟，期待能够进入自己的主修科室；也有一些人在先前的实习期遭到淘汰，只能伤心地接受现实，希望这样能为自己争取到一些时间，重新申请成为实习医师；还有一些人是真心想要改行成为内科医生，于是只好默默忍耐，将这一年的辛苦看作医学教育传统对自己的惩罚——毕竟我们都是医院里的底层，无论出什么事，我们都是第一个会被叫到的人。我们一直要来回奔忙，监测电解质水平、补充"泰诺"的订单、准备早晨的报告——这只是我们在极度缺乏睡眠的情况下要完成的一小部分工作。

我的预实习主管——贾斯瓦尔医生性格很强势。她临床经验丰富，但很难相处。当我们这些预实习医师每天早上查房，逐一检查病人的情况时，我们都会注意着听她的鞋子踩在地板上发出的那种特有的嗒嗒声，随时警惕着她的出现。

一个夏天的早晨，我在前一晚刚刚值过班，正要开始做例行报告。报告中要清楚地表述病人情况和症状，以及我为昨晚收治的病人所做的评估和治疗计划。然后我就可以回家休息，由其他人接班。前一天，贾斯瓦尔医生刚刚骂了预实习医师海伦和克雷格。海伦是因为一例肺炎报告；克雷格则是因为没有将一位患血小板减少症（血小板计数已经很低）的病人情况明确地报告给值班的医疗站，以引起医生们的注意。所有人都害怕贾斯瓦尔医生，都对她怀有一股近乎仇恨的怨气。在住院医师宿舍，大家对她的评价都是为人残酷。她总是吹毛求疵，不给我们任何积极的反馈。

尽管如此,我也必须承认,她对海伦和克雷格的批评是对的:他们的报告的确有缺陷。而贾斯瓦尔医生能把病人的每一个细节都说得清清楚楚。比如因为多器官衰竭被送到医院的琼斯先生——她知道他在五年前经历过一次糟糕的膝关节置换手术,所以琼斯先生很害怕再进医院。他在家里耽搁了三个星期,直到膝盖越来越痛,还发生了严重的肿胀,才允许家人叫了救护车,把他送到急诊室。而那时他已经因为膝盖的伤势恶化患上了败血症。

贾斯瓦尔医生还是一位出色的诊断专家。她甚至在一位病人身上发现过急性间歇性卟啉病。这种病在探索频道的《神秘诊断》栏目和电影《乔治王的疯狂》中出现以前,很少会被考虑到。尽管她做的很多事都有些不近人情,但只要你能够认真向她学习,就有机会成为一名水平高超的临床医生。当然,对于如何温柔待人,你就只能努力从其他人身上去学习了。

那个夏天的早晨,我成为预实习医师还不到一个月。轮到我做报告了。一走进病房,我就因为睡眠不足和忐忑不安而感到头重脚轻。我翻检着报告,希望自己能够记住昨天晚上病人的全部情况。(如果我们在做报告的时候低头看笔记,贾斯瓦尔医生就会训斥我们。她的逻辑是:如果我们不能记住全部病人的信息,那我们就是选错科室了。)我紧张地提醒着自己:病人有高胆固醇和高血压病史,长期服用治疗高胆固醇的瑞舒伐他汀，除此之外没有其他长期服用的药物。

"米歇尔，"贾斯瓦尔医生在我们前往病房的路上对我说道，"我听说你享受了一个平静的夜晚，你可真幸运！今天早上我们只收治了一个病人？好吧，我们会尽力为他诊治！"她面带微笑，深红色的嘴唇仿佛在放大她说出的每一个字。

平静？她刚刚用了"平静"这个词？昨晚我走进医院的时候，就像是走在泳池的跳板上一样。整个病区只有我和另外三名实习医师。一想到那些病人的生命将由我来掌控，我的内心就充满恐惧。有两个病人突然发起高烧，其中一个血氧饱和度过低，一个胸口痛，还有一个病人心率过快。这种种状况都让我恐惧和心慌。我在医院的每一个晚上都没有平静过，更不觉得自己"幸运"。

走到病房门口，大家停下脚步。我清清嗓子，开始报告："弗雷姆先生……"

"哦，不，不，不，"贾斯瓦尔医生说，"我们要先进去看到病人。在病床边看到你负责的病人是非常重要的。对病情的评估要从看到病人的第一眼开始。"

我简直不敢相信她这话是认真的。熬了一整夜之后，我不仅要向贾斯瓦尔医生做报告，还要当着病人的面？但我现在已经没时间去思考出现灾难性错误的无数种可能了。

"早上好，弗雷姆先生。"她对病人说道，"我是贾斯瓦尔医生，你的医疗团队的主管。我希望你不会介意在你面前讨论病情。"

"没问题。非常高兴见到你们。"弗雷姆先生回应道。

"你好，我们又见面了。"我向病人点点头。

然后我开始了汇报："弗雷姆先生是一位59岁的男性，有高血压和高胆固醇病史，现在的主要症状是发烧加重、发冷、咳嗽和恶心，曾经因为肝脓肿接受过治疗。在此之前，他接受过两个疗程的抗生素治疗。其中之一是十天疗程的沃格孟汀；然后他的家庭医生给他换成了一个十天疗程中的克林霉素。昨天晚上他被收治的时候，正处在这个十天疗程的第七天。"

"哈珀医生，这听起来非常奇怪。是谁在负责他的治疗？"

"他的家庭医生。"

"只是他的家庭医生？嗯，原先是在治疗他的什么病症？"

"就我所知，是肝脓肿。这就是他的医生昨晚送他来医院之前的情况。"我在脑子里拼命回忆，但恐怕根本没用。我不知道应该说什么。我还没有对这个病例进行充分的论证。"嗯，是的，我记得在他昨晚被送来之前，只有他的家庭医生为他诊治过。"

"你不觉得奇怪吗？为什么只有他的家庭医生进行过诊治？而且只是用口服抗生素来治疗肝脓肿？一定少了些什么。在他的病历记录里一定少了些什么。这完全不合理。"贾斯瓦尔医生停顿了一下，仿佛是在给我时间，让我尽快弥补过错。

终于，我开口说道："嗯，病人因为感染而发烧，而且在使用沃格孟汀之后继续发烧，所以他的医生给他换用了克林霉素。"

"嗯？他都接受过什么检查？"贾斯瓦尔医生又问。

"从病人带来的病历以及化验室和放射科的记录来看，他的家庭医生安排他做过血压检查，其中包括CBC（全血细胞计数），还有基本代谢检查、血液培养和胸部X光。他的白细胞数量在持续增加，胸部X光片显示有少量胸腔积液。"

贾斯瓦尔医生沉下脸来。"不，哈珀医生，你显然遗漏了一些关键信息和基础的医学知识，这影响了你的报告和评估。现在继续，我们稍后还会重新讨论这一点。"

我克制着心中的恐惧，继续说道："昨晚在急诊室做的胸部CT显示有胸腔积液，同时肝脏也有积液。所以我们又对他的腹部和骨盆进行了CT扫描，发现他有肝脓肿状况。"

"是的，这样就合理了。"贾斯瓦尔医生说道，"听起来，家庭医生只是确认了他有原因不明，或者至多是病因不明的发烧，还有通过X光扫描发现了少量、非特异性的胸腔积液。由于弗雷姆先生在服用抗生素以后病情仍然不断恶化，他的医生才将他转到急诊科进行进一步检查和治疗。毕竟这里的条件是门诊无法相比的。在急诊室，他做完了一系列CT扫描，才有了肝脓肿的最终诊断。按照这类肝脓肿的治疗守则，除使用抗生素以外，还需要进行引流以确保治疗效果。"说完，她向我点了一下头，那意思是——由于我在医疗推理上有明显的疏漏，她将亲自对这位病人说明情况。

然后她转向病人："很高兴见到你，弗雷姆先生。我们今天会联系介入放射科，为你的感染做引流。当然，我们在治疗的同时还需要对你进行更多检查。你还将见到其他多位医生——放射科、感染性疾病科、消化内科，当然还有普通内科的医疗团队。"她向弗雷姆先生微微一笑——只有对一切成竹在胸的人才会有这样的微笑。她就像是在告诉这位病人，不会有任何问题，因为一位优秀的船长正在指挥这艘船。

她又转向我说："谢谢，哈珀医生，你可以回家休息，准备今晚的工作了。一定要仔细研究该如何记录病历、不明原因发热的检查内容，以及肝脓肿的表现、评估和治疗的情况。在理想情况下，这些都应该是你在查房之前要做好的事。再次感谢你，我相信我们都从你的报告中了解到了很多。"

我从没有忘记过那次报告。在预实习的那一年里，我对病人的提问一直都是"宁滥勿缺"。毕竟临床医生的工作就是确认病历。当然，病人必须诚实回答问题，病历才能准确，但我是病症的侦探，我需要知道自己应该找什么，以及去哪里找。我必须尽最大的努力，不仅要研究我不懂的课题，还要研究与它们相关的信息。我需要在脑海中回顾病历，斟酌我的评估和方案，以确保得出合乎逻辑的结论。如果感觉自己没有从病人那里得到全部信息，我就会回去重新询问病人，整理信息，只为确保信息的准确和完整。每一个病例都是一个故事，而这样的故事必须有足够的合理性。

那是我最后一次没有准备充分就向贾斯瓦尔医生做报告。在那极为漫长的一年里，她帮助我成为一位更好的医生。我在她身上看到了诸多优秀的品质，她对于准备工作的一丝不苟和批判性的思考方式让我受益良多，这才是最重要的。至于那些严厉的斥责和批评，对于我成为医生都是至关重要的经历。我后来才意识到，尽管预实习的这一年充满了艰辛和挑战，但也帮助我做好了准备，让我能够应对离婚的打击和实习期以后的生活。

* * *

"米歇尔·哈珀医生。"

实习主任叫到我的名字，把我从恍惚中惊醒。这是我最终的毕业典礼了。

我不记得自己在毕业典礼上穿了什么，有谁讲了话，但我清晰地记得，我是多么庆幸只用 7 秒钟时间就站起来，走上讲台，并且让自己恢复镇定。我没有时间因为破碎的婚姻而伤心。我必须收拾整齐，迁徙到另一个地方，安置好新家，协调好离婚事宜，卖掉旧房子，然后在一座新的城市开始一份新工作，独自一个人生活。

我早已忘记实习结束时的其他事情，因为我在努力向前看，放弃原本计划好的未来，去接受另一个已经开始的未来。我签了一份公寓租约，在市中心的一栋高级大厦内，从那里步行就可以去我要工作的医院。公寓在三十五层，非常安静，房间里的落地窗让阳光像瀑布一样倾泻进来。我希望这些美好的东西能够填补自己内心的空虚和痛苦。

我的全部家当包括一张充气床垫、六纸箱衣服、两纸箱厨房用具，还有一台笔记本电脑。我从我们在南布朗克斯的老公寓里拿过来的唯一一样东西是一面大镜子。我求丹把另外两样东西寄给我，那是我们收到的礼物：一个来自肯尼亚的编织篮子和一张带相框的照片。照片中的女人站在一个公交车站前，身后的背景是涂鸦艺术家谢泼德·费尔雷为巴拉克·奥巴马绘制的"希望"竞选海报。丹同意了，但我知道他不会寄，而我也没有力气再向他抗议。它们将变成另外两样我失去的过往。

在新公寓度过的第一天，我在客厅的地毯上坐了几小时，凝视窗外。我能看到邻街的店铺和招牌，"安德鲁·约翰逊医院"的霓虹灯招牌是最大的，到了晚上，它也是最明亮耀眼的。那种景象让我很不舒服——后来我也一直没能适应。不过我还能望见蜿蜒流淌的斯库基尔河，在喧嚣的城市风景中，那里成了让我内心平静下来的角落。

再过两天，我就要打开那些纸箱，穿上崭新的绿色手术服，投入工作中。很快我就能进入新的状态。但现在，我只能任由自己沉浸在破碎的情绪中。

感谢今天的阳光，感谢微风吹走热浪，感谢能有这样的视野，从三十五层高的地方去看外面的一切。这样的距离对我非常重要，这样的风景拯救了我的生命。

第 三 章

我 们 必 须 站 起 来，再 次 开 始

夜班总是让人感到很不舒服，非常像是宿醉：年纪越大，就越难以恢复。对一些人而言，夜班是荣誉的勋章。他们就好像在以马拉松的方式跑短跑，一场又一场，一年又一年，以长跑运动员的耐力不断冲刺。对我而言，夜班是一种痛苦的折磨，但有时候上夜班也是我的避难所，可以把白天的纷乱念头抛在脑后，让自己完全被黑夜吞噬。晚上在急诊室的时候，我不必回邮件、打电话、和别人见面，不必去做许多杂事。它能够帮我暂时从那些行政管理工作中逃出来。

不要误会，是我主动承接了行政管理工作。这是我的习惯，是我长久以来的处事方式。如果不处在领导的位置上，我就会不舒服。我喜欢这样。实际上，我还在念高中时就成立过一个名为"美国未来医生"的俱乐部。（不过那时候我还不完全确定自己是会成为建筑师还是律师。）我在大学四年级的时候是学生会主席；在医学院期间担任美国女医科生协会（American Medical Women's Association）当地分会的联合主席；在住院实习的最后一年担任住院总医师。所以在我成为急诊科主治医师的同时，我自然也想要继续担任医院的领导角色。

费城的安德鲁·约翰逊医院是一所大型教学机构。在这里，我必须证明自己。我从一个小职位做起，在急诊科担任绩效改善主任。这个职位的责任有：复查病历，调查潜在的临床错误，比如医生或者护士（在医疗系统里，他们被称为"供应者"）是不是做出了不准确的诊断或者不适当的治疗。一开始，我很喜欢这种可以发现系统微小失误的侦探工作。但我很快就发现，无论我就这些问题多么谦恭地和我的同事们进行沟通，他们都会很生气。一名犯了错误的医师（无论是误诊还是发生程序失误），根本不想听到负责进行病历审核的医生问他："是否还记得这个病人……？"

不过，在急诊科上夜班的时候，所有这些麻烦都消失了。

每天下午4点半，我就要起床准备上夜班。我会在晚上7点钟以前走进医院大门，先和交班医生沟通，接着制作一张清单，列出白班医生没能解决的问题，然后由我来想办法解决它们。有太多病人正在等待治疗，而且在接下来的12小时里，还会不断有新病人被送进来。

一天晚上，我是急诊科唯一的医生。和我一起值班的只有夜班护士克丽丝特尔和黛波。护士帕姆也在，她很聪明，但她在临床工作中常常会有情绪化的表现。我不知道她怎么会到急诊科来，不过她没有被开除的原因很明显：她一直在上夜班。夜班人员是不能更换的。医院需要他们来承担其他护士不想接手的工作。

我们一直平稳地进行着各项工作，直到大约凌晨1点，停车场传来了救护车的警笛声。随后急救队就推来了一名挂着便携式呼吸机的心力衰竭患者。那是一位胖胖的老太太。她躺在轮床上，身上还穿着家常衣服。护士们为她插入了静脉导管，并告知她将会为她排尿，将她肺部多余的液体排出去。呼吸技术人员为她换上医院的呼吸机面罩，帮助她呼吸。我俯下身问她："女士，你感觉如何？"

她在呼吸机面罩后面露出微笑，又向我竖起大拇指，告诉我她很好。强行压进她口腔的空气让她的面颊都鼓了起来。她的心电图和常规体检显示她的心脏状况稳定，所以我们暂时还不用采取什么特殊措施。急救团队这时正向门外走去。一名急救专家忽然又回来，告诉我们一会儿可能还会有一名儿科病人被送来。有一个无法呼吸的婴儿已经报了病危。他想要先提醒我们一下。那个婴儿可能会被送到这里来。

"希望不会！我最不喜欢半夜里遇到这种事。"帕姆大声说道。

说实话，我们任何时候都不希望有儿科病人被送来。这是一种完全不同的痛苦体验。那么小的孩子，不应该在生命力如此旺盛的时候承受这样的痛苦，被病痛折磨。

就在此时，警报声忽然响了。

儿科蓝色警报。估计 5 分钟后到达。儿科蓝色警报。估计 5 分钟后到达。

黛波的电话响了，那个婴儿身边的一名医务人员提前告诉了我们情况。

"医生，是一个新生儿，没有呼吸了。"黛波挂掉电话以后对我说，"他们在见到婴儿10分钟后就报了病危。没办法插管，不过可以进行静脉注射。他们随时会到。"

刚刚送进来的心力衰竭的老太太情况还好。我迅速查看了一下电脑，确认她的化验报告一切正常。看样子她没有真正的心脏病发作，只是有严重的充血性心力衰竭。我请办事员温蒂给住院部打电话，让值班的住院部医生为她做好病床登记。我们需要立刻把她转到住院部去，好腾出病床。没有人知道一个病危的婴儿需要在这里待多长时间。

我又快速清点了一下其他病人的情况。候诊室的三位病人生命体征正常，没有危险的迹象，可以继续候诊。还有两位病人已经被转到住院部，正在等待病床。另外两位病人正等着被送到放射科去做CT。

"好吧，我们把抢救室准备好。"我带着护士们向抢救室走去，"克丽丝特尔，你能确认一下抽吸装置吗？把急救小车在床边放好。把新生儿托盘拿出来。准备好布罗兹洛卷尺（对于病情不稳定、无法称重的患儿，急诊科会用测量身高的方法来迅速估算他们的体重）。谁做记录？"

"我来。"帕姆应声道。她将急救记录本放到了床边的桌上。那上面记录了所有病危病人的抢救过程。

"好的。药品准备好了吗？儿科心脏除颤呢？"我又问道。

"准备好了。"技师马克从儿科急救小车上拿起除颤器。

"我去拿口罩和手套。准备好密勒喉镜和 ET 管（气管内导管）。"我忽然想到，"等等，这里是不是没有 0 号喉镜？我们只有一根 1 号的。要是有 0 号的就好了。那孩子实在太小了。"我一边说，一边把那根密勒喉镜拿出来。我要用它打开并观察患儿的气管，还有可能给他使用 ET 管。现在我把这两样东西都摆在床头伸手就能拿到的地方。

马克在周围找了一圈，还是没有找到 0 号喉镜。

"好吧，那就只能这样了！"我拿起扬考尔吸引管——各种口腔治疗都有可能用到这种长塑料管——戴着手套做了测试。"抽吸准备好了。"说完，我把它塞到床头下面，"都好了！"

我们就这样站在原地，相互对视着。

急诊室里最难熬的就是等待即将被送来的病人。空气里弥漫着各种各样令人胆寒的可能性，而我们正在和每一种想象出来的可怕情景交战。我更希望急救队不事先通知就把病人推进来，那样我们就能够只专注在此刻的工作中，不必去担心马上可能遭遇的悲剧。但大多数时候，急救队都会好意地提前通知我们。于是我们只能站在空空的病床周围，提醒自己要保持冷静。

连续不断的蜂鸣声打破了寂静。从急救室可以很清楚地看到救护车进出的大门。刺眼的救护车灯不断旋转，两名急救队员推着一张小轮床从车里冲出来。

"刚出生 12 天的新生儿。"第一个急救队员报告说，"电话中说无法呼吸。现场没有检测到呼吸，也没有脉搏。已开始心肺复苏。家人正在路上。我们不知道婴儿的名字。交给你们了，我们还有别的工作。家人过来以后可以补充详细信息。"

"好的，我们先把他的名字登记成'小鹿'。"帕姆说。

一名急救队员把气囊阀面罩戴在婴儿的脸上，不停地挤压气囊，将氧气送进婴儿的肺里。

"婴儿没有呼吸多久了？"我问道。

"不知道。他的父母看到他的时候，他就已经是这样了。"急救队员回答。

"你们给他报病危用了多长时间？"

"现场 10 分钟，路上大约 6 分钟。自主循环一直没有出现。"

"好的，给药呢？"

"3 单位肾上腺素。血糖 82，所以不需要葡萄糖。无法现场插管，所以做了下肢骨内输液。"

我和急救人员对话的时候，黛波迅速把监测仪器上的导线一根根连在婴儿身上。我把手指按在婴儿的上臂内侧，没有找到肱动脉的跳动。我又把手指移到同一侧的腹股沟，也没有找到股动脉的。我看了一眼监视器，上面没有心脏跳动的信号。孩子的皮肤温暖而柔软，是婴儿特有的光滑。我仔细听了他的胸腔，里面没有动静。没有心跳，也没有呼吸声。

"马克，请开始胸部挤压。"我打起精神，努力让自己的声音平静下来。

马克将手指按在婴儿细小的胸骨上，开始有节律地按压——对比之下，那简直就像是一根巨人的手指。

"好，再加一剂肾上腺素。帕姆，如果还需要肾上腺素，请告诉我。每隔 5 分钟检查一下肾上腺素的情况。能再确认一下血糖水平吗？我要开始插管了。"

我低下头，第一次看到了这个小婴儿的面孔。他的一双深褐色的眼睛圆睁着，如果他还活着，一定很像我妹妹刚出生的儿子，而且会比伊莱更强壮。这就是"小鹿"，一个小小的天使。刚刚看到他的时候，我还无法确定他的眼睛是单纯的黑色还是深褐色，因为他的瞳仁已经扩张开，全无神采。他翘起的小嘴唇变成了紫色，正微微分开，仿佛很早以前就向这个世界道了别。

我抬起头望向黛波。她也明白。轮床周围的所有人都明白，被送进来的只是一具没有了生命的躯壳，但我们还是要做出行动，就像电视中经常演的那样。孩子的身体已经开始僵硬，失去生命的手臂无力地搭在床栏杆上。但他的亲人还没有做好准备。于是我们会再给他注射几轮肾上腺素，只是为了能把这些写在报告上，让家人、同业审查委员会和法庭看到我们已经再清楚不过的事实。

我深吸一口气，放好婴儿的头，将密勒喉镜的刀条放到他的嘴唇间。这个刀条对他的嘴而言实在是太大了。我把它探进去，暴露出他的声带，好插入呼吸管，但过大的刀条让孩子的嘴角都有些绷紧。我把刀条撤出来，打开他的双颌，再次尝试插入。刀条还是太大。我实在不想把这东西硬塞进他的嘴里。

著名的急诊医学大师里奇·列维坦医生曾经将他关于气管插管的宝贵经验传授给我们。我当实习医师的时候从没有在给幼儿插管时犯过错。除了一些异常病例以外，给幼儿插管是最容易的。因为幼儿的气道比成年人更短、更靠前，不需要用到密勒刀条就能看见他们的会厌区，所以大多数儿科气道插管都没有什么技术难度。但现在我遇到的情况不一样。

我能感觉到所有人都在看着我，我必须竭尽全力不要伤害到这个孩子。我知道他已经走了，但我还是不能在他完美的小身体上割出任何一道伤口。我不能破坏这份完美。

抢救濒死病人的过程非常残酷：病人的肋骨会因为心肺按压而折断，皮肤上会留下挫伤，嘴里会流血，甚至牙齿都会被敲掉。可是，在遭受了这么多医疗创伤以后，也只有很少的人能够在电击中活过来。

作为医生，我早已习惯为了抢救病人的生命而对病人肉体造成的伤害。但现在，当我想到要对这个已经死去的婴儿造成哪怕最微小的一点破坏，我的双手都会失去力量。

"有没有更小的刀条？我们有0号密勒刀条吗？"无限惶

恐中，我又问了一遍。现在问这个问题真是荒谬，而且我已经知道答案了。

护士们又开始手忙脚乱地搜索急救小车，但还是什么都没有找到。我们继续进行抢救。在能够给孩子的气道插管之前，我只能用呼吸面罩捂住孩子的脸，挤压氧气囊，给他通气。

"我去车里看看。我相信我们一定有更小的刀条。"一名急救队员说。

很快，他就拿着一支0号密勒刀条回来了。我再一次尝试给这个婴儿插管，心想，这次一定会好多了。我轻轻地插进刀条，但刀条还是太大。我在舌头的部位就遇到了阻力，没办法再让孩子的嘴张大。我不能弄伤他的牙龈，不能强行把刀条扳上来。我又试了一次，还是失败了。

"医生，能让我试一下吗？"还是那名急救队员。我没有抬头，直接退到了一旁。

"帕姆，过了多长时间？"我问道。

"需要打肾上腺素了，医生，过了10分钟。"

"好，请再次注射。"我说道。

我问那名急救队员是否准备好了，他做出肯定的回答。"请保持压缩状态，准备插管。"我向团队宣布道。

那名急救队员将刀条插进婴儿的双颚之间，开始扳动。婴儿的嘴角被拽紧，皮肤开始撕裂。刀条终于插了进去。婴儿的脖子也随之向前探起，为一根细呼吸管让出空间。那名急救队员只尝试了一次，管子就插进去了。

我们又将毫无意义的抢救延续了10分钟。

不可避免的最终时刻还是到了，我宣布了婴儿的死亡（我在婴儿来到这里之后不久就应该宣布的）。他在被送进来之前就已经死了。这个婴儿是死在了家里。我们在急诊室所做的一切只是走一个形式。

我环顾我的团队，说道："伙计们，这个孩子真的走了。在我宣布之前，大家还有什么主意？"

"没有了，医生。没有什么可以做的了。"一名护士说道。

团队成员一个接一个地摇着头。

"有人反对我现在宣布吗？"我又问道。大家异口同声地回答："没有，医生。"

我们放开了这个婴儿，这张病床，还有全部监护仪器。我再次检查了婴儿毫无反应的瞳仁和胸口——没有呼吸声，没有心跳，没有生命。

"死亡时间，凌晨1点41分。谢谢诸位。感谢你们的努力工作。婴儿的家人到了吗？"

"他们正在候诊室。"帕姆说。

我叹了口气，摇摇头。"好吧，谁和我出去？"我一边向外走，一边扔掉了手套和口罩。

黛波走上前挽住我的手臂，以此来表示对我的支持。医生一般不会单独与病人家属说话，他们常常需要更多的时间和支持来面对现实，而急诊科医生没有那么多时间陪伴他们——急诊室里还有新的病人在等待抢救。所以通常会有一名护士或者其他医疗人员一起参与和家属的谈话。

现在我们正在进入这次抢救最艰难的部分。这个部分没有法则，没有规律，而且永远不会让人感到好受。

"对了，"我停下来，转身问同事们，"我们知道婴儿的名字了吗？"

温蒂回答道："克里斯多夫·塔利。我和他父母确认过了。他的亲人都在外面。需要我去叫他们吗？你可以带他们去后面的办公室谈谈。"

"谢谢，温蒂。没关系，我出去谈。"然后我和黛波就朝候诊室走去。

房间里已经聚了一群人。一位女士正紧张地拧着双手，泪水还挂在她的面颊上。我猜她是婴儿的母亲。她和一位男士一起站在门边，相互搀扶着。那位男士应该就是父亲了，他的眼睛又红又肿。

做父母的早就知道。当轮床被推进救护车的时候，他们就像我们一样，知道生命已经逝去了。天使已经在他们的耳边悄声道别，轻轻吻过了他们。候诊室中的其他人有的坐着，有的在来回踱步。他们的焦虑中同时充满了畏惧和希望。

"我是哈珀医生。"我说道，"你们都是小塔利的家人吧？"他们全都僵住了。

母亲的双眼笼罩着一层哀伤。"是的。"她轻声说道。

"请跟我来。"

他们之中一名年长的女子站起身，要求除父母以外的人都留在候诊室。她很有权威，腰背挺直，显得坚定有力。她应该是婴儿的外祖母。父亲搀着母亲的右臂，外祖母搀住母亲的左臂，帮助她走出候诊室，来到急诊科门前。抢救室与他们不过咫尺之遥，但门帘已经被拉上，以免他们看到里面的情景。

"要不要进去坐坐？"我问。

"不，"母亲呜咽着恳求道，"请，请现在就告诉我吧。"

"很抱歉……"我开口道，但还没等我把话说完，那位母亲就倒在了地上。

她早就已经知道了。但我的话让一切都无法再挽回。父亲也瘫倒下去，抱住了她。外祖母惊呼一声，用左手捂住嘴，右手按在胸口上。但她仍然直挺挺地站立着，眼睛满含泪水。

我不知还能再说什么，任何语言在此时都没有用处。

我无法向他们表达一直盘旋在我脑海中的想法。他们已经被自己的哀痛填满了。我不能告诉他们：

很抱歉，你们失去了你们的天使。他死在了你们入睡的时候，你们甚至没能和他道别。这让我很难过。急救队赶到这里时，他已经死了。而我们还是对他的小心脏进行了35分钟的挤压，给他注射了足以让一辆汽车跳起来的化学药剂，却还是没能让他活过来，这让我很难过。很抱歉我没办法给你们的宝贝插管。因为当我放好他的头，把喉镜刀条插进他的嘴里时，我觉得自己是在伤害他。很抱歉他的小身体最后的经历是插入、按压和撕裂。很抱歉你们美丽的孩子走了。很抱歉我不能告诉你们他的死因，很抱歉我没办法让这伤害变得更轻一些。

"很遗憾，真是遗憾。"我对着面前的空气说道。其他人都陷入沉默之中。房间里只能听到父母的哭声和急诊科里的脚步声。母亲突然拉开帘子，跑向她的宝贝，结果再一次倒在地上。父亲跟在她身后，哭泣着，身体不停抖动。

"这是怎么发生的？为什么会发生这种事？他是这么完美！这么完美！没有任何不对的地方！没有任何不对的地方！"母亲仰头高喊。

温蒂的电话响了，是这位母亲的产科医生打来的。温蒂接了电话，向母亲走过来。

"塔利太太，有位托马斯医生想和你说话。你愿意吗？"

"好的，好的，"母亲努力说着，右手抓起电话，用左手撑住头，靠在书桌上，"托马斯医生！我不知道发生了什么！我不知道发生了什么！"她听了一会儿，又说道，"我知道，我知道……我知道……"她又开始啜泣，"整整9个月都没有任何问题……我知道……我知道……"

外祖母刚刚去了一趟候诊室，现在又回来了。她应该是把噩耗告诉了其余家人。我向她走过去。

"非常抱歉，"我对她说，"你有什么问题吗？有没有什么可以为你们做的？"

"你是否知道具体发生了什么？"她问我。

"我知道的是，急救队接到 911 电话的时候，克里斯多夫已经没了呼吸和心跳。他那时就没有生命体征了。急救队非常努力地想要把他带回来。他们及时给了药，努力恢复他的心跳和呼吸，但没能成功。他被送到这里的时候，心跳和呼吸都一直没能恢复。他已经没有了生命。我们继续努力抢救他，但也没办法把他救回来。"

那位老妇人面对着我，在哀伤中沉默着，脸上尽是心碎的神情。

"他有什么先天疾病吗？他母亲怀孕、生产和之后有没有出现什么问题？"

"没有。他们很辛苦才怀上这个孩子，但是怀上以后，一切情况都很好。他母亲从没有生过病。生产也很顺利，在产后两天就出院了。孩子的检查结果也很完美。一切都很完美。"她盯住我，"怎么会发生这种事？"老妇人一边问，一边摇头。

我吸了一口气。"这很难说。有时婴儿一出生就带着潜在的问题。这不是任何人的错，只是自然发生的状况。我们找不到确切的原因来解释为什么会发生这种事。我真的非常抱歉。"

托马斯医生要和我通话，我在电话中把这里的情况报告给了她。托马斯医生则向我讲述了这位女士怀孕的艰难历程。她说起这对父母在得到成功怀孕的消息时是多么高兴。他们人很好，做任何事都很努力。她还告诉我，她16岁的时候就认识了这位母亲。又过了16年之后，这位母亲才有了自己的第一个宝贝——就像时钟一样准确。我们结束对话的时候，她的声音已经变得沙哑。她承认这实在是一个难熬的夜晚。

我在死亡记录和医院的表格上打钩时有点神情恍惚，但我必须集中精力应对随后的工作。我给医务主任发了一封电子邮件，要求医院为新生儿患者准备更小的儿科刀条。下一次员工会议也需要讨论这件事情。我听到帕姆对技术人员嘟囔说我本来应该可以给婴儿插管，设备没有问题，问题出在我身上。技师回答说这没有区别，当时婴儿已经救不回来了。我听到黛波说我们应该做的是准备好合适的儿科器具，帕姆不应该那样苛责我。

我打电话给验尸官，然后通知器官捐献组织——这个病例就像其他新生儿死亡病例一样，属于法医案例，所以不适合进行器官捐献。最后，婴儿的家人们都离开了，小塔利被包裹在白褥单里，送去了停尸房。

一小时又一小时过去了。

值班时间结束。太阳升起，我终于回到了家里。我喝了一杯红酒，浅浅地睡了一觉。几小时以后，我醒过来，心中沉甸甸地压着一个念头：我辜负了一个孩子。现在距离我这周的第二个夜班还有两小时。

我知道，现在母亲应该下班了。我拿起电话，一边准备晚餐一边把我的失败告诉了她。

看着沸腾的汤锅，我的眼泪像洪水一样涌出来。在这一刻，我意识到这么多年的医生训练和工作都没有让我真正哭过。我还是实习医师的时候，人们被送进急诊室，拼命挣扎踢打，最后死在我的臂弯里，我没有哭。在与病人家属见面的时候，我告诉妻子们，我给她们的丈夫上了呼吸机，并且不知道病人什么时候能够恢复自主呼吸，我也没有流过一滴眼泪。

当我还是一个绝望的女孩，一个没有童年的孩子时，我在午夜向新月祈祷我的家人能够活下来，祈祷我能够活下来，那时我也没有哭过。那些痛苦也许会烧灼我的喉咙，让我的眼睛变得模糊，但我从没有放任自己去感受那种灼痛。几个月前，我刚刚离了婚。那场灾难以我不曾想象过的方式击碎了我。但即便如此，我依旧没有纵容自己哭泣。我没有悲伤的时间。我必须把这一切抛在身后，必须渡过难关，必须活下来，变得更强。而现在，经历了毕业、离婚，在两次夜班的间隙中，我找到了反思的空间。

我从不曾真正在乎过"婚姻"。我不相信"妻子"这个称号有什么特殊之处。在我看来，无论是它的历史根源（以前女人被视作一种财产）还是国家对于合法和非法爱情的定义，都只不过是在支持父权和父权所依赖的性别差异论，是对于婚姻制度的玷污。我看重的是精神的结合，只有在这种感情关系中的两个灵魂可以互相给予。当然，传统婚姻有其经济意义，能让各自的财产增值。

我年轻的时候并没有梦想过成为一位母亲。大多数人都知道应该选择一位理念和目标相近的伴侣，然后生活逐渐固定下来。但在我看来，结合和繁殖活动从不会让任何人类或者单细胞动物变得更重要或者更有成就——毕竟许多生物都能做这种事。我觉得我在未来的某一天会成为母亲——等我有时间的时候。我不需要刻意那样做，不过我认为自己理所当然会那样做，就像我理所当然地认为我会遇到一个值得我相伴一生的人——不过我不会为此主动放弃我的生活。

那一天，我站在汤锅前，搅着汤。勺子在锅中每转动一圈，我都会记起自己失去了什么：和另一个人之间健康的、深情的关系。现在，组建一个家庭的可能性似乎完全消失了。我因为失去了培养孩子和婚姻感情的机会而深深哀痛。我永远也无法对那一切感同身受了。

我把小塔利的事情告诉了母亲。我描述他的样子，说他很像外甥伊莱以及我没能拥有的那个孩子。我告诉她，我在这座陌生的城市里感觉到的孤独远远超过了我的想象。但最糟糕的是，我感觉自己永远也无法好好养育一个孩子，给予他关爱和庇护。

母亲告诉我，那个孩子的死不是我的错，所有这些事都不是我的错。她最后以陈述事实一样的肯定语调对我说：我一定会得到我想要的家庭，这是迟早的事情。听她的口气，仿佛时间并不重要，仿佛我的未来还有着无限的可能——无论我想要什么都能得到。

但我比她更清楚现实。我知道，一天天会变成一年年，然后是一个又一个十年过去，不会有任何特别的事情出现。无论一个灵魂多么"完美"，它都有可能只在地球上停留 12 天或者 12 年，离开的时候没有任何征兆。

人类的本性就是想要永远留住自己所珍视的一切，无论那是真实的，还是仅存在于梦想之中的人、事、物。我们想把它们绑定在自己身边，永远和我们在一起。但这种绑定会被磨损和撕裂。就在我们挣扎着努力维持它们的时候，我们会无奈地发现，这种对永恒的依赖是多么虚妄。我们所拥有的全部美好，值得我们去拥抱和守护、去关爱和学习、去感受和成长的一切，都只是在此刻，在眼前。如果我们的运气够好，它们会继续存在，但也有可能在瞬间改变或消失，而我们永远都不会知道，它们为什么会变。

我没有答案。小塔利的家人也没有答案。在那一刻，我们都支离破碎——被震惊、悲痛、愤怒和恐惧打碎。我不知道会用何种方式、多少时间，但我知道这种碎裂最终一定会愈合。我们一边流泪，一边帮助彼此站起来。我们必须站起来，重新开始。

第 四 章

平 等 看 待 任 何 病 人 的 伤 痛

凌晨 4 点常常是一个魔幻时刻。对于急诊室来说，这个时刻可以让所有人停下手里的事情，让整个世界安静下来。在换班前，急诊室的主灯将被调暗，让病人可以好好休息几小时。在这段时间里，值班医生可以把文书工作和其他任务赶完，甚至还可以忙里偷闲地坐在办公桌前，看看初升的太阳照进玻璃窗中的光。每当这时，我都会眯起眼睛，逐渐适应白天的光线，渴望着走出医院，迎接全新的一天。也只有在这几小时里，我才会渐渐意识到自己也是一个会白天活动的人。

再过几小时，到早上 7 点，在我能够开车回家之前，我将与六名护士和另外两名医生围坐在一张大桌子旁讨论昨晚的抢救病例，回顾和审查医院中所有与濒死者抢救相关的问题。我们会一起仔细查看上一周长长的病危者名单，找出急救过程中所有"阿托品"出现的位置。"这个词出现的确切位置对于拯救生命至关重要。"——说这种话的人其实没有真正拯救过生命。不管怎样，在用了 20 分钟时间讨论这个词的位置以后，我还要忍受一个类似的无足轻重的话题——是否要在抢救病历记录表上为"手指针刺法血糖检测"挪出合适的空间来。在寂静的凌晨 4 点，我要准备发表对于这些问题的看法。这些看法可以归结为一个问题：我们为什么要开会讨论这种事？

明天我会收到通知，希望是宣布我得到晋升的电话或电邮，这样就能让我从这种会议的普通参与者变成主持人。我在相对次要的行政职位上工作了不到两年，先是部门的绩效改善主任，然后是急诊科助理医务主任。我已经感到无聊了。医院刚刚设立了一个新职位，要求一名管理者全面地从医院的运作过程入手，提高医疗质量。我希望得到这个职位，并且我知道自己能够胜任。我在急诊科不可能得到晋升——现在的科室主任们短时期内都不会离开或去世，所以我更应该去争取这个位置。

当我负责管理某件事的时候，这件事对我就更有意义，更有可能让我做出成绩。当我规定脚踝扭伤的病人需要休息、冰敷、加压包扎和抬高患肢时；或者向牙痛病人解释他的口腔里没有脓肿，不需要去牙科急诊，最重要的是进行详细的牙科检查时——病人们会听我的话，我们可以解决一些病情的关键问题。在我接受的任何医疗训练中，我做梦也不曾想过，要用许多小时的时间，考虑如何以最好的方式，确保一个社区获得性肺炎患者在被送入常规医院的4小时内就完成血液培养。但是坦率地说，作为一名专业医生，我觉得花这么多时间去思考一些实际上并不能改善人们生命质量的细枝末节，是一种无用的消耗。一定有办法让我以有意义的方式晋升到行政管理的岗位。明天我会把这个办法想出来。

自从两年前完成实习以后，我变得越来越疲惫和焦虑不安。我不确定自己是否还想继续医院的行政管理工作。瑜伽帮助我厘清思路，应对生活中的种种问题。健身房的锻炼也对我很有帮助，还扩大了我的社交圈。我还屈服于同辈压力，参加了网络交友活动，努力想"回到正常的轨道"。经历过所有这些事情以后，我生平第一次感到能够从自己的内心中获得某种确定的舒适。

30多岁的时候，我得到了一件美丽而意外的礼物，那就是开始喜欢自己，尽管我身体上有瑕疵，尽管我在开怀大笑的时候声音沙哑，尽管我在吃了自己做的美味扁豆汤之后会放臭屁（那真是很美味，不过我学会了少吃一点）。

我厌恶网络交友，不是因为要冒面对无数陌生人的风险。恰恰相反，我一直都觉得能够和完全不认识的人进行交谈是很迷人的事。任何互动都是有意义的，哪怕只是一点简单短暂的交流。不，我不害怕网络交友。我只是不相信它真的有效。的确，我有两位朋友都是在网上遇到了她们未来的丈夫，这样的实际例子很有说服力。（同样是这两位朋友，后来又分别告诉我，如果她们还有力气重回单身生活，她们一定会离婚。只是她们更愿意安于现状，借助一场不愉快的婚姻来确保她们能够在35岁的"高龄产妇期"到来之前有一个孩子。）考虑到我已经不需要在约会这件事上进行"练习"，也许翻阅成百上千份线上交友档案会是一种更加有效率的方式，让我找到那位

"也许可以接受他，好让生活继续下去"先生。

但我也知道，对我而言，一段感情关系只能发生在让我看到自己和他有灵魂碰撞的那个男人身上。我不认为这种碰撞能够被任何虚拟算法操控，无论硅谷认为它的算法多么具有开创性。

尽管如此，我最终还是让步了，于是我见到了里克，他显然是贴了一张自己20年前的照片，并且很喜欢谈论啤酒和高尔夫。无论谈到什么话题，他都不断提醒我——他是一名律师。但是当我最后厌烦了，问他在哪里从事法律工作时，他却给了我一个复杂冗长又不明所以的答案。我听着这个男人不停地扯谎，眼神渐渐呆滞起来。

还有弗兰克，他显然在网上贴的是另一个人的照片。他一直在喋喋不休地唠叨着7年前的离婚，而且他没有爱好，朋友又少，他在工作以外的时间似乎都用来和别人共同抚养一个显然不想和他待在一起的少年。正是由于这些原因，他认为自己可以通过网络找到一位伴侣。我礼貌地开口道："嗯，很抱歉。我要回家了。我明天还必须去急诊上班。我知道现在刚六点一刻，但我的早班开始得超级早……不，不用了。你请自便。我走路回家很安全，而且我走得很快，所以我不想对你失礼。"我推开椅子，离开酒桌，"祝你今晚过得愉快"，说完这句时，我已经快到酒吧门口了。

弗兰克是我的最后一个相亲对象。正是我和弗兰克的相遇经历让我清楚地认识到——他应该是最后一个。这些约会没有什么值得后悔的。谢天谢地，他们全都和我再无任何联络。

在凌晨4点之后这段安静的时间里，我不想去理会最新的两个约会请求，我需要为病危病例的审查会做好准备。当然，急诊室里从来没有一刻的空闲，我有充分的理由不去处理那些网上的事情。只是在两个星期以前，我还一刻不停地忙了一整夜。那时我匆匆把10小时之前送来的一个醉汉送回家——那时他终于清醒了一点。CT室报告我在9号病室的病人确认有阑尾炎，于是外科医生被叫来完成他在这一班的最后一次手术。我还必须缝合一位老年男子的面部撕裂伤；再给一位因为癫痫发作而摔下楼梯、有多处肋骨骨折的中年妇女办理住院（这位病人的情况已经稳定下来，但血压还很低，必须有一位医生来看看她。但那位医生已经迟到14分钟了）。这时我还能指望谁呢？

但在这个晚上，11月份一个寒冷的星期三夜晚，魔幻时刻是凌晨3：30。我的最后一位病人——一位50岁的男子，抱怨说他的脚"已经痒了3个月"——现在他已经得到了有效的治疗。他的脚上没有皮疹或感染，只是需要用洗液清洗一下。值班的药剂师很好心地送来了一管普通润肤霜，让病人能够回家去自己治疗发痒的脚。我终于可以坐到电脑前，查看一下我的电子病历追踪页面，确保我所有的医疗记录和医嘱都签署好了。不过首先我要喝杯咖啡——我已经累得连骨头都感到痛了。凌晨 4 点的疲惫与瑜伽课或者长跑后的累完全不一样，这是一种深深的消耗感，一种精神上的刺痛。

于是凌晨 4 点的休息就同时有了它的好处和坏处。当一切都归于宁静——技术人员不再跑来跑去；病人不再要求得到羟考酮（止痛药）、冰块和火鸡三明治；护士不再要你把昨晚的所有口头指令都输入电脑；你打电话要求提供特别帮助的医生也不再问你"急诊室真的需要我紧急出动吗？还是可以等到明天再说？还是最好先给那位病人预约到以后某个月份？"时，当这一切忙乱都已经过去，你心中的声音就会冒出来，不停地戳你——我为什么在这里？我到底在做什么？我的目标又是什么？

但谁有力气在凌晨 4 点钟思考这种问题呢？

没错，这个时间只适合喝咖啡。

就在我将椅子从书桌下面拉出时，我的屏幕亮起蓝光，告诉我有新的病人到了。魔幻时刻消失了。这种会彻底驱散凌晨 4 点钟魅力的信息中常常包含着一个词——"痔疮"。

护士报告了病人的情况：埃里克·塞缪尔斯先生，"紧急程度指数"为 4——病情的紧急程度等级从 1 到 5，数字越大，严重程度越低，只有 5 级是不算太紧急的情况。不过我并没有太过着急，还是先查看了一下表格，确保没有漏下任何内容。（虽然已经过去了 5 年，我还清楚地记得当时跟随贾斯瓦尔医生查房时的情景。）这位病人没有发烧，其他身体指征也都正常：血压 145/86、心率 76 次/分钟、呼吸频率 16 次/分钟、血氧饱和度 100%。我又扫了一眼他的电子病历。他有痔疮病史，每次似乎都是用短期类固醇乳膏治疗。他还有腹股沟疝气病史。5 年前，他曾经到医院门诊就诊，但拒绝了所有手术治疗，此后再也没有来过这里的诊室。看样子，他的情况不算严重。

但我在他 3 年前的记录上看到了一条黄色标记："暴力行为警示。"

我们在急诊科需要应对各种危险行为。根据联邦法律，我们被要求对在任何时间来到急诊室的任何人进行评估，无论他患有何种疾病。对于许多人来说，急诊科是他们唯一能够寻求治疗的地方，尤其是那些没有医疗保险的人。

美国疾病控制与预防中心在 2011 年进行的一项调查，探讨了有医疗保险的人会选择急诊科的原因——他们常常觉得基础医疗无法满足他们的健康需求。也许他们的医生没有及时回复电话、电邮或短信。哪怕能够预约好一位医生，他们也往往会觉得自己的病情太严重，等不及预约的时间。所以病人来到急诊室的时候，他们很可能已经因为严重的感染而失去理智，或者因为滥用化学药品而有些精神错乱，甚至还有好斗的酒鬼和性格蛮横的人做出各种不当行为。无论出于何种原因，在急诊室工作都必须保持高度谨慎。

关于急诊室暴力的统计数据非常少，只有为数不多的专门机构做过。更大的问题是，这些得到统计的暴力事件在很大程度上也被低估了。其中的原因是多方面的。许多医护人员觉得就算提交了报告，相关部门也不会采取任何行动。这显然削弱了人们报告侵犯行为的动力。另外一些人则担心自己可能会因为没有阻止暴力而面临审查或指责，于是便习惯了接受现状。

美国劳工统计局2003—2007年工作场所安全调查显示，在医疗保健和社会服务领域工作的人遭受非致命袭击的可能性，比其他全部行业的普通工作者高5倍。2009年急救护士协会的一项研究显示，20%的受访者过去3年中在工作期间遭受了超过20次的人身攻击。

电视上的许多医疗剧都没能准确地呈现出医院中各个部门的工作情况。在急诊室工作的人不是好莱坞的那些美人，不会出现在时尚杂志上。而且考虑到普通美国人的体型，只用一把牛排刀、一根吸管和一小段细绳来制作紧急呼吸管是极为困难的。但电视剧中的急诊室生活有一点是对的：医护人员经常会遭到他们准备救治的病人的攻击。曾经有一些极端的案例，患者会拿着枪走进医院，直接杀害医护人员。任何事都有可能发生，而且的确正在发生。

看到塞缪尔斯先生档案里的黄标之后，我深吸一口气，用鼠标点击了详细的警示说明：

当一位女性医师为患者颈部脓肿进行切开和引流手术时，患者抓住了她的左侧乳房。女性医师放下手术器具，离开了病人所在房间。随后的手术由一名男性医师完成。

其余的部分基本上就是一般的脓肿清创手术记录：建议患者两天后回来检查伤口。

我的喉咙深处仿佛漾起了灼热的胆汁，让我脸部发烫。我不知道最让我感到困扰的是什么地方：是病人的性骚扰、这段描述文字漫不经心的态度，还是病人在猥亵了我们的医生之后，仍然可以复诊。

是的，这个病人可以等一等。他可以等着我把椅子推开，站起来，走进员工厨房给自己倒一杯咖啡，再去休息室完成一些笔记。他可以等我先把一切事情做好。在病人名字旁边的备注区里，我打下了"有侵犯工作人员先例"几个字，然后打电话给分诊护士，要求她给塞缪尔斯先生安排一名男护士。

"好的，他只是屁股有点肿。"那名护士对我说。

我站起身，心中希望员工厨房的咖啡壶是空的，我必须找人教我如何煮一壶新咖啡。然后我就会等待咖啡一滴一滴地落下来，直到杯子倒满。

当我转过拐角，向员工厨房走过去的时候，我听到有人拖着脚步走向 7 号病室。塞缪尔斯先生就被安排在那里。我听到迟缓的脚步声和一阵痛苦的呻吟声。而我仍旧拿着杯子，屏蔽那些声音，继续向厨房走去。

有许多职业的从业者别无选择，必须与所有出现在他们工作中的人打交道，比如餐厅服务员、空乘、售货员、理发师，急诊医生也是一样。但在我成为一名医生以前，我一直都以为急诊室里会更文明，没有那么多暴力。我们最少要接受 7 年时间的训练，才能在无数个不眠之夜激活停跳的心脏，拼接起断裂的骨头。而现在，当我成为执业医师，我知道了在急诊室工作和其他那些服务行业没有什么不同。我们无法避开粗鲁和好斗的病人。我们会被拳打，会被脚踢，会被骂脏话，甚至会遭到枪击——任何行业都不应该发生这种事，但它们的确发生了。作为医生，我们要面对那些对我们施加暴力的人，他们也正是法律要求我们去治疗的人。

我在南布朗克斯的慈恩医院接受过住院医师训练。慈恩医院可称全美最繁忙的一所医院，有充分的理由在院内部署警力，并配以监禁室。考虑到纽约市那一区域暴力犯罪的猖獗，而慈恩医院又是全国规模最大的创伤治疗中心之一，人们自然会以为那里的医护人员在不断遭受暴力威胁，不过我的亲身经历并非如此。我认识那里的警官、消防员和急救队员，在医生帮他们处理完当天的第四例枪伤、第二例心搏骤停或者第一例刺伤以后，他们常常会送甜甜圈给急诊室。慈恩医院也许没有最新式的设备，医生也许没有高端的头衔，但我们每天都会等候在医院，会尽自己的全部能力，照顾尽可能多的病人。我们工作的速度越快，病人来得也就越多；而病人越多，他们的病情仿佛就越严重。

我曾经治疗过一个腿部受了轻微枪伤的病人。他是一个毒贩，从他口袋里的大笔现金来看，他在这个领域做得应该很成功。在我下班的时候，他招手叫我过去。

"在这里什么都不用担心，医生，我罩着你。"他的语气十分认真。我们就这样建立了某种关系。我在南布朗克斯从没有遭受过暴力伤害。

当我来到费城南部，在安德鲁·约翰逊这座为更小社区服务的医院工作时，我才遇到了第一个有暴力行为的病人。那是一个年轻男性，因为饮酒过量被他的母亲带到医院来。（他已经29岁，是一个成年人了，但在这个社区，成年男子在母亲的陪同下来急诊室是一种文化上的惯例。）

那天晚上一直都很平静，直到这个年轻人呕吐着被送进医院。护士停下手头的事情，为新来的病人做了登记和分诊。病人被安排在医生办公室斜对角的房间里。在把儿子平安地交给急诊室工作人员以后，母亲离开了。分诊护士给他的病房关了灯，让他能睡一觉，好消除酒精的影响。他的情况很简单：我会对他进行检查，给他开些缓解恶心的药和静脉补液。等到了早晨，他就可以出院回到父母身边了。实际上，他很可能并不需要这些治疗。一般来说，治疗醉酒最好的办法就是让他跪到马桶前面。但既然这个年轻人已经被送到了医院，我们就有责任提供一些医疗手段，让他的家人安心。

"先生，我能给你做一下检查吗？"我问道。

"当——昂——然。"他一边含混地说着，一边捂住肚子呻吟了一声。看上去他人不错，也会配合我。

我告诉他，我的检查会很快，然后护士会给他送药来，缓解他的呕吐。他向前俯过身——他的肺部听起来没问题。他又向后靠过去，他的心跳也正常。

"好了，现在，睁开眼睛。"

我用耳镜检查了他的瞳孔——我的检眼镜的头不见了，好在任何光源都能帮我做好这件事。就在这时，一只拳头突然砸在我的脸上。在那一刻之前，他完全没有使用暴力的征兆，没有理由，更没有任何正当性。醉酒不会改变一个人，但的确会让他的阴暗面彻底暴露。

我的眼镜掉在地上，顺着地板滑出很远。在这个昏暗的房间里，我只能模糊地看见这个病人的浅色金发和粉色的皮肤。随着我的头猛地抽动一下，我不知道那是因为他的动作还是我已经为下一次打击做好了准备。就在那一瞬间，我下意识地向前挥出右臂。我用上了自己全部的力量，耳镜还被我握在右手中，我听见一记碎裂声和一声闷响。病人的身体倒回到床上。

我小心地跪下去，在地面摸索，幸运地摸到了眼镜。它就在柜子旁，完好无损。我戴上眼镜站起身，那个病人仍然闭着眼躺在床上，他在呼吸，我没有看到他流血。但我的确在他的前额正中看到了一个红色的小圆斑，应该是耳镜头打到了那里。

就在这时，护士和另一位值班医生冲进来，看我有没有事。

和我一起值班的是克里斯特医生，一位身高一米九多的退伍军人，有一副足以配得上他身材的嗓门。他看了一眼屋里的情况。

"看起来，我们最好给他加一个头部 CT。"他说道。

他又对我说，他会负责继续照顾这个病人。然后他以清楚低沉的声音说："我们根本就不应该为这种混蛋工作。这些白痴跑到这里来，以为他们能够为所欲为！谁会在乎他是不是醉了？他就是个下流坏子。为什么那些该死的家伙会把他们的混账崽子送到这里来，让我们来照顾?!"

我的脸还在一阵阵地刺痛。我无法回答克里斯特医生的问题。我知道他在想办法安慰我，我很感激他表现出的怒意。我的愤怒被卡在胸膛里，被我的羞愧死死压住。我不知道自己为什么会羞愧，但我知道自己的感觉：我因为脸上被揍了一拳而感到羞耻。我的鼻子和面颊上留下了紫红色的印子，让我戴上眼镜的时候就感到一阵阵痛楚。我无法向这个病人吼叫，无法按照我的处事原则，去狠狠揍一顿这个伤害了女人的男人，对此我深感惭愧。也许我最惭愧的是，我本来处在应该显示出力量的位置，却变得如此弱势。我是一个成年人，一名医生，不是在家中眼看父亲实施暴力的孩子。

我和费城警方做了简短的接触，一名警察给我做了笔录。我们提交了必要的书面报告，这样我们医院就不会再为这位病人服务。我放弃了对他提起控告，因为这需要花费很多时间。并且，尽管我相信这个人的暴力倾向和他的醉酒无关——暴力从来都不是酒精引起的——但我很怀疑控告一个严重醉酒的人会引发什么结果。

这已经是两年以前的事情。现在我又遇到了一个黄色警示，让我再次想起医生是多么软弱无力。我努力让自己镇定下来，但还是忍不住会去想那位遭到攻击的医生。而我现在就要去对付那个攻击她的人。她当时一定以非凡的意志力克制住了自己，才能够在遭受暴力之后平静地放下手术刀，走出病房。我很希望自己能够像她一样。我觉得自己应该做得到——对于那个喝醉酒的病人，我只是确保了自己的安全，没有继续对他动手。我只想活下来，不想惩罚他。那位医生很幸运，没有在遭到突然袭击的时候失手把对她不轨的人杀死。如果这是她受到攻击时的下意识反应，那么她真是一个处事极为正确的人。让我感到愤怒的是，在医学界，女性医护人员遭到攻击以后，攻击者往往不必承担任何后果，甚至连一点补救措施都没有。就好像患者的这种攻击是可以允许的。为什么遭受不公的女性只能安静地走开，而侵犯女性的人却被允许随时复诊，继续得到服务？

员工厨房里有咖啡。我摸了摸壶边，发现咖啡还是热的。在夜晚即将结束的时候，这种饮料已经可以算是美味了。我深吸一口气，喝了一口咖啡。

现在我准备好去见那个无法逃避的病人了。

的确，我对他完全不了解。所以我这样判断他，是公平的吗？我必须承认，也许有一些情有可原的状况，可以解释这个病人的行为——毕竟我看到的只是记录中那一小段话。也许他小时候受到过虐待。受虐待的孩子变成虐待者的情况并不少见。当然，这绝对不能成为恶行的理由，不过这种人的处境多少也值得一点同情。（就我所知，他在那次袭击行为以后接受了相应治疗，现在是"强奸、虐待和乱伦国家网络"组织的募款人。他未必能够真正悔改，但也不是没有可能。）不过让他多等一会儿也没什么，只是我知道后面还有别的病人等待治疗。耽搁他们是不对的。

我已经拖延了 6 分钟，急诊室里仍然只有一位病人。我抓住那个被指派照顾他的男护士迈克，一起向他所在的病室走去。

迈克低声嘟囔道："真无法相信，这家伙竟然会被允许回来。这太可耻了。"

我笑了笑表示认同。

病室的门帘半开着。一个身材细瘦的男人躺在病床上，深褐色的头发让他看上去比实际年龄年轻很多：档案上说他已经

51 岁了。床上没有被单和褥子，他不停地左右扭动，病号服掀起来，露出了屁股。我和迈克站在那里，看着他就像一条挂在钩子上的鱼一样不停地扑腾。

我努力用权威的声音说道："塞缪尔斯先生，我是哈珀医生，你哪里不舒服？"我的声音冰冷得就像是在问他有没有曲别针可以借给我——也许还要更冰冷一点。

"很痛，很痛，"他呻吟道，"它又发作了！"

"是什么发作了，先生？"

"疝气。"他苦恼地低声说道。

我回想起分诊记录上的内容。"疝气？你今天来看的不是痔疮？"

"说实话，我也不知道是什么。我的腹股沟里有东西肿了起来。今天刚开始的。我真是受不了了。"

他像胎儿一样蜷缩着，膝盖抵在胸前。说话的时候，脸就埋在手掌中。

"好的，"我说道，"我们看看这个疝气。脸朝上躺好。"

他努力放松双腿，试着把腿分开。我和迈克冷冷地看着他。我们在等他调整好姿势，安静下来。一直等到他的身子不再动弹，我才向他走去。他紧攥着拳头，能看到一波又一波的疼痛正在侵袭他。他的脚趾也随着这一阵阵痛苦不住地抽搐。我掀起他的病号服，让他伸直双腿。他的手臂开始向上弯曲，朝我移动过来。我立刻放下他的衣襟，向后退去。

"把手放下，"我命令道，"把手放在身体两侧，不要动，腿伸直。"

我轻拍他的右腿。他的大腿紧紧地绷着。"好了，把腿打开。"

他的腿依然夹得很紧。

我没有掩饰心中的焦躁。"先生，你想不想接受检查？"实际上我已经知道了答案，所以我只是继续说道，"你只有让我看到你生病的地方，我才能给你检查。"

我能感觉到迈克在转眼珠。但我现在距离这个病人太近了，除了板起脸来，我什么都做不了。

病人掀起病号服，张开双腿，露出一块硕大坚硬的肿胀，从他的右侧腹股沟一直延伸到左侧阴囊，足有一只茄子那么大。那里的皮肤被撑开到了可以反光的程度。我依然保持着警惕，同时也集中起注意力，伸手去触摸他的阴囊——我没有摸到任何可以分辨的组织。我试着想象出一根粗大的带状肿起，沿着它去寻找腹股沟管，但我真正能摸到的只是感觉敏锐的球形组织。我应该把什么放回到原位？又应该放在哪里？哪个是肠管？哪个是睾丸？是肠穿孔还是肠坏死？是感染造成的吗？

我转向迈克。他已经开始准备器械了。我们的脸色都柔和下来。这个人需要急诊手术，是的，他可能是一个很糟糕的人，但他的痛苦是真的。

"先生，我们需要给你做静脉注射和验血。我们还需要给你做 CT 扫描，对你的疝气进行具体确认。你是对的，你的身体出了很严重的问题。我必须确认这是不是感染，以及直肠脱落的情况。我会叫外科医生来，因为你肯定需要接受手术。与此同时，我们会尽量保证你的舒适，马上给你用止痛药。"

他向我点点头。"谢谢你，女士。谢谢，医生。"

他的眼睛是浅灰色的，眼神里带着瑟缩。我不记得曾经被他侵犯过的那位女医师叫什么，只记得听着像印度人的名字。她和我一样是黑皮肤吗？我不由得有些好奇，塞缪尔斯先生在看到我的时候是不是也想起了她。

我脱下手套，开始将指令输入电脑。然后我要办事员通知外科，让那边有所准备。等待回复的时候，我盯着自己的咖啡，回想起在塞缪尔斯先生因为疼痛而扭动双腿的时候，我是怎样不紧不慢地搅着咖啡。当他的肠子在挤压睾丸和阴囊，使它们像气球一样肿起的时候，我又是如何一粒一粒地往咖啡里加着白糖。对于病人来说，那 6 分钟的拖延一定漫长得可怕。他肯定应该为自己过去的暴力行为付出代价，但方式和时间不应该由我来决定，尤其不应该是在这种时候。

外科的卡丝特利亚诺医生刚好从这一层的一间病房中出来。她说她会顺路过来看看。因为等塞缪尔斯先生的检查结果出来的时候，可能就不是她值班了。5 分钟以后，她就来到了病房。

"是的，哈珀医生，情况相当严重。等到化验和 CT 结果出来以后，请马上给我打电话。如果我值班的时候没有消息，我会告诉白班的丽特尔医生。"

在那个晚上，命运将这个男人交给了三名女医生照料。每个人都冷静地盯着他极度肿胀的生殖器。女医生们对他进行检查，触碰他的身体，最终切开他的皮肉，救了他的命。他有没有感觉到这其中的讽刺？从这段经历中，他有没有体会到无力反抗是怎样的感觉？我不知道这是否能拓展他对于性别的认知，让他可以更好地理解生为女性和男性意味着什么。

我将他的 CT 扫描结果迅速传给了外科。这样外科医生就能够确认他的疝气情况，能更好地给他制订手术计划，切除坏死的肠子，缝合筋膜上的缺口，让他的身体不至于再像他的性格一样有残缺。

如果塞缪尔斯先生能够改变性情，那肯定是因为这样的经历——本来完全不必关心他的人们，选择忽略他过去的行为，全力救治他。

这件事给我的启发是，我必须平等地看待每个病人的伤痛，无论那是一个怎样的人，他到底做过什么。那一天在急诊室，尽管我对他曾经的行为和可能的道德沦丧充满厌恶，但我仍然选择将他视作我们这个社会中的一员。

又有两位病人出现在电脑屏幕上，一个是严重的喉咙痛，一个是眼睛里有分泌物。但他们可以稍等一会儿，让我先把塞缪尔斯先生的事情处理完。

第 五 章

每个人都有受到尊重的权利

"直接把他弄过去做了!"一个声音响起,紧接着是金属摩擦的声音。

我向分诊区望过去,看到一个戴手铐的年轻人。他的手腕已经发红,突出的骨节都被手铐擦伤了,小臂上有一片褪色的文身。

"我什么都没做!"那名囚犯喊道。

"你说得够多了!"一名警官喝止道。

"听着,我们必须检查你的生命体征。把这件衣服穿上。"说话的是护士长卡尔。

"我什么都没有做。我不想待在这里。我不想穿上这件袍子。我什么都没有做。"那个年轻人避开了护士长和警官的视线,还有急诊室里的所有人——他们全都在专注地看着这出戏。

他的白衬衫在深色皮肤的映衬下显得格外明亮,随着他每一次短促的呼吸而颤抖。他的深褐色牛仔裤很干净,也很合身,仿佛他刚穿着这身衣服走过红地毯。他的白色运动鞋不是新的,但肯定打理得很好,干净耀眼。他身材不高不矮,而这一身打扮让他显得更加清瘦羸弱。

把他带来的四名警官则很有超级硬汉的气派——那种情景

看上去就像是隆隆驶来的坦克正在冲向一个小镇的游行人群。不过我不能说这种防范措施是过度的：我曾经看到过一个体重只有一百来斤的男人在摄入苯环己哌啶（一种迷幻药）之后显示出极其恐怖的力量，需要急诊室中所有人一起压住他，才能给他注射镇静剂。看到病人被强行按倒在地，我总是觉得很难受。他有可能会受伤，甚至可能被杀死——但愿上天不会让这种事发生——尽管我们这样做是出于安全的考虑。就算所有人都是善意的，也有可能出现严重的失误。对于这种高风险的事情，就算是在我们决定采取行动的时刻，我们在心里也仍然会问：这样做真的有必要吗？

"你必须让他听话，把该做的事做好，"一名警官对卡尔护士长说，"他必须接受检查，而你就应该让他服从。"

我在椅子上挪挪身子，一边继续关注那边的情况，一边点开我的电脑。

"他的名字？"卡尔问道。

"多米尼克。"

"多米尼克，你要穿上医院的衣服，让我们为你做检查。"卡尔用坚定的语气说。

"我什么都没有做。这些警察在说谎。我什么都没有做，不想被检查。我不想待在这里。"他大声喊叫着，一些口水从他的嘴里喷出来。

突然间，他仿佛又屈服了，表情一下子恢复了平静。但他喷出的飞沫说明事情没那么简单。

"谁去找一下医生?"激动的护士长恳求道。

听到卡尔的话,劳伦几步就来到了他们面前。她是我负责管理的第二年实习医师。无论什么时候,她都是一副匆忙而且自信的样子。

她那种趾高气扬的风格让她看上去很不像是一名普通的实习医师。我是这里唯一的医生,但我还需要 3 分钟时间处理完最后五个病例,然后才能来解决这个麻烦。

"这里出了什么事? 我是摩根医生。"劳伦喊道。

我深吸了一口气。我心里很清楚,劳伦不是能够解决这种问题的人。但我还需要再有 170 秒完成手头的工作。那时我就能专心处理那个年轻人的事。

我做深呼吸还有另一个原因:当我进入发生那场骚乱的分诊区时,我非常想看到的是黑人警察和一名白人囚犯,或者至少能看到一名黑人警察和一个非黑人囚犯——而不是人们刻板印象里的白人警察看押黑人囚犯。但我已经旁观了这件事的全部过程,所以我知道——这让我又深吸了一口气——现在分诊区中出现的人物组合是我最不想见到的。

我希望美国的棕色、黑色人种的"违法行为"能够被看作他们个人的问题,而不是他们的群体特征——但我们并不处在这样理智的时代里。实际情况恰恰相反,这样的被告都会被视作他们所属群体的代表,而这也让他们在被起诉之前就被贴上了"有罪"的标签。实际情况是，在美国历史上最著名的大规模枪击事件中，绝大多数杀人犯是白人男性。尽管那些白人枪手犯下的罪行会不断被审视和评论，但它们只会被视作一个个独立的案件，只是杀人者自己悲剧性的人生经历和饱受折磨的精神导致了他们的暴行。没有人认为这和他们的性别以及种族有任何关系。一个人只需要为自己的决定承担责任——这种看似理所应当的事情在美国却是仅属于一部分人的特权。在美国，没有人会因为那些屠杀而提出所谓"男性"和"白人"的问题，尽管这两个问题也许才是美国人最迫切需要审视的——这一点很奇怪，但绝非巧合。

但现在我已经没有时间可以再耽搁了。我站起身，穿上白色的医生袍。我一直都会把医生的白大褂放在手边，不过这不是为了向大家显示我是一名医生，而是因为白大褂的衣兜很适合放参考资料和我喜欢的笔灯（这支笔灯的一侧有瞳孔测量数据）。实际上，我几乎从不会穿它。穿着一件口袋里装满东西的长外套在急诊室里跑来跑去是很麻烦的事情。而我还要小心地避免它沾染上血液、呕吐物和床虱。不过白大褂在有些时候的确能够成为很有用的制服。有时我不得不告知一位病人家属她的母亲刚刚过世，或者向另一位家属询问他父亲是否希望在濒死抢救时接受心肺复苏。这种谈话场合就需要我穿上医生制服，通过它向人们表明我的专业、权威和自信。

现在这种情况就是我需要穿上制服的时候。

我向分诊区走过去的时候，劳伦正盯着那位病人说道："先生，你必须按照我们说的去做。你做了一些非常危险，甚至会危及生命的事情。现在你已经被捕了。你必须穿上病号服，然后我们会对你进行检查。"没有商量，没有询问，只是在表述她对事件的理解和警察的命令。

所有人都一动不动。

我穿着医生长袍进入到这场僵局中，细看这位病人的脸。他再次将脸转开，只是看着房间远处的一个角落。他的下巴向上翘起，颌骨上的肌肉紧绷着，额头上淌着汗水，呼吸又快又浅。

我将双手交握在胸前，柔声说道："你好，先生。"我个子矮，因此他低下头向我看过来。

"先生，你叫什么名字？"我又问道。

"多米尼克。"

"你姓什么？"

"托马斯。多米尼克·托马斯。"

"你好，托马斯先生。我是哈珀医生，负责管理这里的医生。我必须问你几个问题。我相信这些问题其他人都已经问过了。不过还是请你对我有一些耐心。首先，你今天为什么要来急诊室？"

"我不知道。我什么都没有做。"他的声音再一次提高了。我看到他的脖子和肩膀都开始变得紧张，双臂也在背后伸直。

他几乎是大喊着说道："他们无缘无故就逮捕了我，把我送到了这里。"

奎格利警官是周围四位大个子警官之一。他说道："多米尼克是因为毒品被逮捕的。我们突袭了他的房子，看到他吞下好几袋毒品，然后想要逃走。所以我们才会把他带到这里。我们需要你们给他做检查，把那些袋子取出来。"

我又向多米尼克转过身。"托马斯先生，你是否吞下了成袋的毒品？"

他咬咬牙，回答道："没有！他们胡说！"

我又看向刚刚说话的警官。他翻翻眼珠，不说话。

"托马斯先生，我希望你明白，如果你或者其他任何人吞下了装在袋子里的毒品，那都是极为危险的。那些袋子会造成肠梗阻。更严重的是，袋子内的毒品有可能泄漏出来，造成心搏骤停、呼吸停止、剧烈疼痛，甚至死亡。"

"我明白，女士，但我没有做那种事。"

"好的，我能再问你几个问题吗？很快。"

"好的。"

"你有任何健康问题吗？"

"没有。"

"你在服用什么药物吗？"

"没有。"

"你对什么过敏吗？"

"没有。"

"有接受过外科手术吗？"

"没有。"

"今天有饮酒或服用毒品吗？"

"没有。"

"最后一个问题，托马斯先生，今天你希望我们对你进行检查吗？"

"不，我想要离开这里。"

"好的，那我们会让你离开。"

警官们立刻激动起来。奎格利警官喊道："我们是带他来做检查的。你必须检查他。这是程序。"

"你说的是什么程序？"我问道。我无法接受他对我说的话，我无法理解他为什么能够如此坦然地对我颐指气使。

"女士，我们一直都是这么做的。"这位比我更年长、更高大、更魁梧的警官认为我忽略了问题的关键，而且正在浪费他的时间。

"哦，你们有法官的指令，让我们可以违背这个人的意愿对他进行检查吗？"我暗示这才是问题的关键。

"没有，但他是因为犯罪才被逮捕的。"

"我明白你的意思。但强迫有行为能力的成年人进行医学检查是违背法律的。如果你们没有法官令，我违背这个人的意愿对他做任何进一步的医学评估都是违法的。所以，如果托马斯先生不想进行医疗检查，我们就不能检查，这是他的权利，是整个国家都必须遵行的法律所赋予他的权利。"

奎格利警官、护士长和实习医师全都死死地盯着我。然后他们开始向我解释，其他医生在这种情况下都会强制对病人进行检查。

"听到你们这样说，我很难过。知道有的医生会为这个理由而违反法律，我很难过。我不是这样的医生。"

劳伦转过身，向自己的办公桌走去。

卡尔满脸都是难以置信的表情。她问我："那么我们就这样放他走？不给他诊治？什么都不做？就因为他不接受我们的检查？"

我又转向那个年轻人。"托马斯先生，给你做一些快速的体征检查可以吗？只是做几件很简单的事，比如测血压和心跳？我保证，连两分钟都用不了。只要你的身体没问题，我们就能立刻让你走。"

"我不会穿上这东西。"他皱着眉说。

"你完全不需要换衣服。"

"好吧，那就这样。"

"谢谢。"

我转向卡尔。"很好，他现在由我负责，不用再分诊了。他拒绝一切检查，这是他的权利。我现在就去做他的出院通知书。你给他测好这些数据之后叫我一声就行。"

我转身离开了分诊区，把目瞪口呆的警官和激动不安的护士长丢在身后。我听到两旁的护士们在争论我就这样放走囚犯是不是符合伦理道德。我听到他们说起医院一直都是如何对待这种囚犯的。就在前几天，另一位急诊医生布里斯班刚刚将鼻胃管从一位病人的鼻孔一直插进他的胃里，将十几升的全肠道灌洗液给病人灌了进去。这种用来做结肠镜检查的灌肠液把那位病人肚子里所有的东西都冲了出来，其中就有不少毒品。这是我第一次听到如此可怕的渎职行为。因为急诊科医生的工作关系都是相互平行的，我们唯一关注的就是对各自病人的治疗。只有在交班的时候，或者通过一些传闻，我才能知道一点同事们都在做什么。

做一名医生正在变得越发艰难。虽然医生这份职业对于我个人正变得越来越重要，但是被夹在医院的官僚机构和那些没有完全认真对待工作的同事之间（毕竟那些同事也只是普通人），这条职业道路的前景正在变得越来越暗淡。

来自布朗克斯的拉丁裔护士玛丽亚十分坦诚地说："我认为哈珀医生是对的。我们不能强迫任何人接受检查，不能只是因为警察或者他们的家人，或者是任何第三方要求你这么做，你就这么做。我们需要把人当作人来对待。我不赞成人们把另一些人当动物对待。"

我想要站起来支持玛丽亚所说的每一个字。不过在刚才的事件中我已经这样做了。劳伦正坐在我前方的另一台电脑前。

我向她探过身，对她说："不用担心这件事。我会把他的情况写清楚。去看下一位病人吧，这里没你的事了。这件事我来负责。"

劳伦带着她那种标准的对抗情绪看向我。"你确定？我可以来写这个案子。我正在等医学伦理委员会的消息。我把这个案子完整地向他们做了报告，因为我不认为他可以拒绝接受检查和医疗干预。如果你真的要放他走，我们就需要伦理委员会介入。我在与林登医生和雅各布森医生共事的时候也遇到过类似的病例，我们只会向囚犯讲清楚我们要做的是什么，这事由不得他们。我不明白你在做什么。"她的语气更像是在指控，而不是询问。她是在用这种语气告诉我，她知道的比我更多，只是出于某些原因，她不敢把这一点说得很清楚而已。

事实上，劳伦是在不自觉地相信白人男性医师（比如林登和雅各布森）更有智慧。如果让她审视一下自己的想法，她也许会大吃一惊。正是因为她的这种想法，因为她潜意识中默认的白人男性特权，她会不加分辨地服从他们的命令，哪怕他们实际上是在命令她违反法律。

在过去的一年多，我和劳伦的共事一直都有或多或少的问题。但我知道，在这一刻，她是完全诚实的。是的，她对我使用的是一种典型的消极对抗的暴躁语气。我对她的了解仅限于工作范围，所以我不清楚她为什么没有更深入地思考过这些问题。这其中显然有某种特权意识。劳伦是认可男性白人特权的，毕竟这是压迫能够起作用的唯一方式：它需要受压迫者之中有一定比例的人接受它，让受压迫者之间发生冲突和对抗，压迫者才能巩固自己的地位。

我想到了那些强有力的潜在假设，正是因为这些假设，警察们才能如此轻易地就将这个年轻人送进医院，并剥夺他的权利。的确可能是因为他涉毒——但我见到过各种各样和毒品有关的病人，他们不会只是因为一些假设就被送进急诊室。也没有人认为他们只是因为被指控使用非法药物，身体就应该受到侵犯。

但对多米尼克陷入沉思，只是假设就足够了。他作为病人的权利就可以被扔到一旁。而这是司空见惯的事情。我看着多米尼克，他的自主权是如此受限。对于那些被视为可疑和具有威胁性的人来说，他们的身体在那些更有特权的人眼中，是可以被任意摆布甚至伤害的。

我想起了 J. 马里恩·西姆斯医生。他被誉为妇科医学之父。他在 19 世纪对黑人女奴施行了一系列实验性的手术。那些女性以为能够得到一位著名医生的治疗，但她们只是被固定在手术台上，在痛苦中尖叫着，在没有麻醉的情况下被那个医生切开骨盆。西姆斯不断用这种野蛮的行为折磨女奴，直到他认为自己的技术已经完善，可以为白人女性进行治疗。在给白人女性进行的手术中，他很人性地使用了麻醉手段。

我还想起了塔斯基吉的梅毒实验。从 1932 年开始的 40 年时间里，美国公共卫生局招募了600名黑人男性，其中399人患有梅毒。政府表面上宣称会治疗他们的坏血病，但患有梅毒的那些人实际上没有得到任何治疗。美国政府这样做是为了研究梅毒在他们身上逐步恶化的全过程，在他们死后还会验尸。这些被研究的人不仅没有被告知自己的病情，也没有受到治疗，政府甚至还阻止他们接受其他治疗。比如当时美国的性病诊所就收到了一份参与这项研究的人员名单，他们不能对这些人进行治疗，哪怕这些人主动寻求治疗也要予以拒绝。这项长期研究到1972年才结束。政府迫于公众压力进行的联邦调查终于认定，塔斯基吉的梅毒实验是不道德的。

还有艾伯特·克利格曼医生从20世纪50年代到70年代对费城在押犯人进行的实验。通过活体组织检查、灼烧和诱发畸变等手段，克利格曼利用囚犯的身体对数百种实验药物的效果进行了研究。许多人在他的实验中被接种疱疹、淋病，以及承受各种致癌物的污染。克利格曼通过使用囚犯身体进行研究，与人合作开发了治疗痤疮的热门药物，成为百万富翁。而他的许多受害者都患上了慢性疾病，器官组织受到无法挽回的损害。

虽然我们对种族平等的争取获得了重大进展，但我们还有很长的路要走。那天在急诊室里，多米尼克就是证据。

"劳伦，"我问道，"你知道对这位病人进行所谓的'治疗'需要什么吗？我们将会命令他接受他不想接受的检查。

我们会强行控制他——这要用到物理或者化学手段。然后我们会给他抽血，强迫他照 X 光。如果 X 光没有显示出任何结果，我们就会强迫他进行 CT 扫描。我们会对这个人进行两次辐射测试。如果这些被他拒绝的医疗干预导致了不良后果，谁来承担法律责任？又应该由谁来为强迫他接受检查时对他造成的人身攻击承担法律责任？你并不能确定警官所说的是不是实话，为什么我们就能这样做？更何况，就算是他真的吞下了毒品，他也是一个冷静且有行为能力的成年人，无论医学还是法律都允许他为自己做决定。我们不能强迫心脏病人接受能救他一命的心脏导管手术。对于拒绝医学建议的病人，我们会签字让他出院。为什么这次就不一样呢，就算是他真的有生命危险？"

劳伦一言不发地盯着我，轻轻咬着下唇，没有一丝表情。

我听见办事员在喊："有人在等医院伦理委员的电话吗？"

劳伦向办事员用力挥挥手，示意把信号转到她的电话上。

我看着她接电话。静静地等待着。她没有说多少话，只是说了一连串的"嗯""啊"，然后是一句"我明白……真的？好的，那么，谢谢你的帮助"。

我一动不动地坐在电脑前，尝试数三下吸一口气，数六下呼一口气，用这种方法来抑制因愤怒产生的厌恶感——这种愤怒来自我的实习医师，这个尊崇特权、受过高等教育的白人女性，她竟然能如此坦然地对我的判断不屑一顾，对我没有半点尊重。她认为自己理所应当要去向更高的权威求助：那些对警察言听计从的、年长的白人医生，或者医院伦理委员从电话另一端传来的声音。

我低头看向自己深褐色的手，因为不断清洗和用酒精类消毒剂浸泡而变得干燥。我注意到自己黑色的手腕和纯白色的医生长袍形成的鲜明对比，才意识到在美国，即使是在21世纪，也有一些习惯被认为是正当合法的，另一些则不是。

我回忆起那天早晨和我的部门主任的谈话。我等待着他最终向我开口说话。他的那番话应该已经不是第一次说了。在我来到安德鲁·约翰逊医院以前，离开的女性和黑人医生们都听他像这样说过：

"米歇尔，你知道，每一次我尝试对这种情况做出改变，结果都无法成功。总是有各种因素在阻碍我。你没有得到那个职位。很抱歉这样告诉你。你有足够的能力，只是我似乎无法让黑人或女性晋升到这个职位。所以他们才都选择离开！我很抱歉，米歇尔。哪怕你是唯一的候选人，而且完全可以胜任，他们也仍然决定让这个职位保持空缺。我很抱歉。我只希望你还能留下。"

他的话语哀伤地悬在我们之间。他并不是白人至上主义者，他会和我握手，向我微笑，在我走进来以后为我关门，然后坐回到他舒适的椅子里。说出这些话的时候，他的心情无疑是沉重的。但他已经付出了他所能做到的所有努力，而我需要承受这种偏见的限制。只有我需要站出来，为多米尼克和我自己战斗。

美国仍然有许多要改进的地方，我就是活生生的证据。

劳伦转向我。"现在医院的伦理委员说，她已经审查过这个病例，甚至和法务部进行了讨论。的确，我们不能强迫这位病人接受任何医疗评估。好吧，能有个结果也好。我要去看那个感冒的小孩了。"她关闭了电脑屏幕，向 5 号病室走去。

我给托马斯先生输入了一份极其简短的记录，又在椅子上转过身，告诉卡尔出院文件已经准备好了。然后我挥手向托马斯先生道别。他以几乎无法辨认的动作向我点了一下头，然后继续盯着身边的空地。奎格利警官从卡尔手中抓过出院通知书，一边嘟囔着"这一切都太荒谬了"，一边向房间另一侧的托马斯先生挥挥手臂。"走吧！"他用坚决的语气表示自己对整件事情彻底的轻蔑。

刚刚的经历让我们有机会认识到，这个国家的身上不只是有旧日的伤疤，还有许多层种族主义的伤口。我们需要认真地审视它们、诊断它们、治疗它们，让它们能够愈合，然后小心地防止它们裂开，重新流血，甚至产生新的伤口。我知道看着那些受到折磨和感染的身体却无所作为有多难，因为这就是我工作的一部分。也正因为如此，我对一些事情无法选择视而不见：柔软的皮肤在破裂，被暴行和时间所浸渍，无法愈合；又被生长出的蛆虫啃咬，被笼罩在我们违反法律的极端行为所制造出的毒气中。我们需要认真地面对这一切，去看、去触摸、去嗅、去品味我们所做的这些事，这样我们才能决定自己到底想要在这个世界上做一个怎样的人。

正如同我们需要正视爱默特·提尔的尸体——那个 14 岁的黑人男孩在 1955 年被两名白人男子杀害。他们指控爱默特在去密西西比探亲时调戏一名白人女子。他们绑架了那个孩子，殴打他，挖出了他的眼睛，又向他的头部开枪，用带刺的铁丝在他的脖子上绑了一台轧棉机风扇，然后把他残缺不全的尸体扔进了塔拉哈奇河。他的母亲坚持在他的葬礼上打开棺材，让所有人看到这个国家在如何对待自己的孩子，我们在如何对待彼此，我们在这个世界中成为怎样的人。

多米尼克·托马斯让我回想起了我选择成为医生的原因：作为治疗者，我看到了一种切实的方法，能够以自己的思考选择我是谁。我的脚下并非只有一条道路。

我选择正视那些肉体所遭受的折磨。我用自己的双手帮助患者，尽可能轻柔地为人们清理伤口；我用自己的意志对患者进行治疗和安慰。我记录下这些时刻，这样就能记住我们行动的力量，记住在我们最表层的皮肤下面，我们是相同的。正是这种相同，让我们共同享有受尊重的权利，让我们拥有人性之爱。

我按下电子邮件的"发送"键，收拾好咖啡杯和没吃完的燕麦棒。我想要把这一天留在身后。

一回到家，我就脱掉衣服冲了个澡，把值班时承受的一切都洗干净。我的老板也许已经收到并回复了我的辞职信。知道这条路已经走完，我感到很欣慰。

就这样，我重新上路了。我知道，一定有一个地方能让作为医生的我同时进行医疗和管理工作。我还是需要向上攀登，需要帮助尽可能多的人……总会有办法的。

第 六 章

我 们 迈 出 的 每 一 步 都 是 在 做 选 择

位于费城北部的蒙蒂菲奥里医院是我的下一站。这种职业流动是在所难免的。蒙蒂菲奥里和慈恩医院很像，来这里上班有些回家的感觉。就像所有回家之旅一样，我可以暂时重温昔日的美好，拾起那些曾让我感到舒适的回忆。

这里的生活和我在南布朗克斯慈恩医院当实习医师的时候有不少相似之处。蒙蒂菲奥里每年会诊治超过9.5万名病人，慈恩医院则超过14.5万人。在慈恩医院，我曾经是住院总医师；而在蒙蒂菲奥里的医疗系统中，我是助理医务主任之一。我入职前就被告知将出任这座医院一所郊区分院的主任，所以我现在要负责制定会议议程，编写治疗高风险疾病（比如急性中风和心脏病）的工作协议，协助进行员工评估，以及编辑发送关于血液培养和药物记录的电子邮件。

开始这份工作以后，我才意识到以助理医务主任的角色发送这种邮件并不会赋予它们更大的意义——我在慈恩医院就负责发送这样的邮件，它们的意义是相同的。当我坐在新的办公桌前，看着长长的行政管理任务清单——标准操作程序、合格的医疗记录档案，以及降低风险的种种措施，我想起最初自己选择急诊科的那份激情：与危机之中的人们在一起，帮助他们迈出通往痊愈的第一步。慈恩医院点燃了这份激情的火焰，让我做好准备来面对蒙蒂菲奥里的挑战。

慈恩医院的使命是服务社区，同时不必考虑病人的支付能力。这是一种格外高尚的使命，因为南布朗克斯区相对贫困，要完成这一使命的难度也非常大。慈恩医院三分之一的病人根本没有医疗保险，许多居民没有基础保健医师。当附近的免费诊所无法再接收新的病人，或者已经关闭的时候，慈恩医院就成了那些病人唯一的希望。

那个社区的暴力事件时有发生，这一切的根源在于因为金钱、地位和身份认同而起的冲突——严重的物资匮乏和感情匮乏造成了连续不断的愤怒和伤害。

当时慈恩医院的急诊室分为成人内科、成人外科、后续处置（如伤口检查、拆线等）和儿科。那是我实习期第二年的一天，我正在急诊儿科工作。我的病人列表中的下一位是"13岁男孩，头部创伤"。

我扫了一眼分诊记录：生命体征正常，无用药史，头部遭受撞击。我敲了敲检查室开着的门，向那个名叫加布里埃尔的孩子做了自我介绍。他身边的两名成年人应该是他的父母。那个男孩坐在病床边上，双手合拢在膝头，眼睛注视着交叉在一起的手指。他身后的墙壁上装饰着一群紫色大象和红气球飘飞的卡通图案。他的母亲站在柜子旁边，双手按在自己的包上，两只手上满是皱纹。她的嘴唇一直在微微颤抖。他的父亲坐在病床旁边的椅子上，眼睛里满是倦意，衣服上散发出一股泥土的气味。

我从收集必要信息开始：过往的用药史、疫苗接种史、现在服用什么药物、对药物的过敏情况等。然后我开始询问他受伤的情况。那孩子告诉我，有一个叫"T"的同学总是在学校骚扰他，贬损他的穿着。T 比加布里埃尔体格更高大，而且行为粗暴。

我问他这次遭遇了什么状况，加布里埃尔向我讲述了如下的故事。他取得了好成绩，还帮忙照顾妹妹，并完成了所有家务，所以父母在他生日那天奖励了他一双昂贵的运动鞋。第二天，他开心地穿着那双鞋去了学校。在路上，T 在学校旁的空地截住了他，要他把运动鞋交出来，他拒绝后转身就走，却被 T 追上来扑倒在地，他的头和身体遭到了殴打。加布里埃尔想要自卫，但 T 抽出一把匕首，威胁要杀了他，还说加布里埃尔很走运，因为那天他没有带枪。加布里埃尔在恐惧中脱下了鞋，T 抢过鞋子，还啐了加布里埃尔一口，之后骂着脏话走了。T 离开以后，加布里埃尔就跑回了家。一路上他都赤脚踩着滚烫又满是裂痕的柏油路。

他没有昏厥，也没有恶心和呕吐，皮肤没有异常，没有虚弱无力。他的颈部没有感到疼痛，也没有呼吸困难。他的左脸、肩膀和胸部有明显的肿胀和发红。他的双脚有浅表性擦伤和割伤。

让我感到震惊的是加布里埃尔躺在病床上接受检查时的平静神态。孩子们竟然能如此从容地接受伤害！他们的身体有着非凡的复原能力，在遭受严重伤害时往往不会被击溃。哪怕是肝脏撕裂、腹部遭到重击而内出血，或者是眼睛后面的血管因为剧烈晃动而爆裂，从他们的外表依然只能看到腹部美丽的肉桂色皮肤、柔软的手腕上有规律的脉搏跳动，还有他们明亮的褐色大眼睛里正常的光彩。孩子们没有描述痛苦的语言，也没有解决这些问题的办法。就像成年人一样，孩子也会将精神上的痛苦藏在心中，任由它们在重要的器官周围蔓延。这些创伤带来的后果会更加持久严重，会影响他们内脏的轮廓、横膈膜呼吸的深度以及胸腔的充实程度。

"好的，我还要单独问加布里埃尔几个问题，请父母先出去一下。"我需要完成对所有受伤儿童的受虐待筛查，这是一项强制性任务。加布里埃尔的故事合理可信，但再合理可信的故事也可能是在掩盖某个家庭成员或者他认识的某个成年人对他进行的侵害。

等孩子的父母离开房间以后，我告诉加布里埃尔，他可以坐起来了，身体检查已经完成。我拽过一把椅子，坐到他面前对他说："加布里埃尔，发生在你身上的事情让我很难过。这件事非常可怕，而且很不公平。这样的事不应该发生在任何人身上。"

加布里埃尔点了一下头，继续盯着自己的拇指。

"加布里埃尔，我必须问你一些问题，以确保你的安全。你要明白，我们在这里所说的一切都是保密的。如果你有危险，我就需要打破这个保密条例。这只是因为我们必须确保你的安全。我想要你知道，我不会瞒着你做任何事。接下来的谈话只是我们两人之间的，如果要有第三个人的加入，我就会告诉你，好吗？"

"好的。"他含混地说道。

"我们会向所有年轻人问这些问题，哪怕他已经成年。因为有些时候，人们会被他们爱的人伤害，比如家庭成员、朋友、老师。你明白我的意思吗？"

"明白。"加布里埃尔回答。

"你和谁住在一起？"

"我的父母和妹妹。"

"你的妹妹多大？"

"7岁。"

"你喜欢你妹妹吗？"

"是的，她很酷。有时候她会让我紧张，但她依然是我的妹妹。"

"妹妹都会让哥哥紧张，对吗？"看到加布里埃尔的微笑，我也轻轻笑了一声，"我听说你很会照顾她，对吗？"

他点点头。

"你与你的父母相处得好吗？"我又问。

"是的。"

"你在家里感觉安全吗?"

"是的。"

"家里有人打过你吗? 或者在你遇到问题或其他情况时威胁过你吗?"

"没有。没能做到我应该做的事时会受罚,但没有被打或者类似的事情。"

"学校怎么样?"

"还好。"

"你有喜欢的科目吗?"

"说不上喜欢。"

"你喜欢去学校吗?"

"不太喜欢。"

"为什么?"

"那里的问题太多了。总是发生意外,总是有人打架。"

"你在学校感觉安全吗?"

"不安全,不过我会小心。"

"什么意思?"

"我的意思是,我会小心的,不会再发生这样的事情了。"

"这又是什么意思?"

"女士,我的意思是,我会搞定的。"

我几乎是下意识地问出了一个我不想问的问题,因为我不想知道答案。选择相信情况不会更加恶化要容易得多。相信这个孩子在离开医院以后能平安地去上学,平安地活到毕业;相信他每一次离开家时不会感觉自己有危险;相信他根本不需要恐惧——相信这些可以使我更轻松。我可以选择这样相信,只是问一个诱导性的问题——好吧,那么你的意思是你没有事?大家都不会有事,对吧?——这样他就有机会点头默认。然后我们就能够满足于这个令人舒适的谎言。就像任何一个谎言一样,它需要双方的积极参与才能成立。

但我没有这样做。我让那个不合时宜的问题从自己嘴里跳了出来。

"你打算报复他吗?"

加布里埃尔回答道:"我只会照顾好我自己。只要他不来惹我,就不会有问题。"

他静静地坐在那里,看着自己的双手,揉搓着大拇指,两只脚不停地敲打地面。

冲动再一次驱使我问出了下一个荒谬的问题。这个问题让我感到非常陌生,因为我在华盛顿西北区长大。那里的人们开的车是沃尔沃,读的书是《要书本,不要炸弹》、《和平共处》和《本地化思考,全球化行动》。我的同学们会开着宝马敞篷车去上大学预科班的语言课,从不担心自己的车被偷。当我走在校园中时,从不会想到我可能因为自己的书包、乐福鞋或羊绒衫遭到威胁。

当然，我的社区也发生过公开暴力行为（比如公园中的绑架、杂货店停车场的抢劫），但概率极低。

我会读报纸、听广播，我知道公开的暴力是存在的。于是，那天在南布朗克斯慈恩医院，我带着一点窘迫向加布里埃尔问出了我不得不问的问题：

"你有武器吗？枪或者刀子？"

"我有一把枪。"

"你有一把枪？"

他沉默着。

我又问了一遍："你有一把枪？"

"不用为这个担心，女士，不用担心。"他没有再说什么，清楚地表明这就是他最终的回答。

"加布里埃尔，这非常危险。就像我刚才说过的，对于这种情况，我必须打破保密条例。如果一个年轻人提到他有枪，那么他就有可能用那把枪造成伤害。为了你的安全，我们必须和社工谈一谈。"

加布里埃尔没有动，也没有说话。我等待着他的反应，或者至少有一些特别的迹象。而他只是摇摇头。

"我马上回来。"我说道。

我走出检查室，找到主管医生，向她报告了这个病例——住院医必须向主管医生报告全部病例，并给出评估结论，而主管医生建议，考虑到这个孩子有使用枪支的可能，必须和他的父母以及社工谈一谈。于是我给当地社工发了信息，又去找等在检查室外面的孩子父母，向他们简单讲述了现在的情况和我的担忧。

他们平静地看着我，等待我提出问题，等待我说明为什么会对此产生警惕。

他们不明白我为什么会有这样的担忧，而我则对他们坦然的神情感到费解。

我们一起来到了加布里埃尔的面前，他抬起头看向父母。

"女士。"他的母亲对我说，"如果他必须保卫自己，那么他就应该保卫自己。"

这句话看似正确，但显然有很大问题。他们如此漠然地看待自己的孩子可能采取的报复行为，这让我感到惊恐。我在人生很早的阶段就知道，暴力常常会招致更多的暴力。每一次严重的伤害，每一个被判罪的年轻人，每一个足够幸运，能带着结肠造瘘袋、气管切口或者坐着轮椅离开医院的人，都在证明这一点。所谓的自卫将带来的后果，我亲眼看到过。任何孩子都不应该做出这种选择。

"嗯，听我说，眼下的情况非常危险。只要我们得知有枪支的信息，我们就必须让社区工作者参与，以确保所有人的安全。"我脱口而出。

"你在说什么，女士？你要把我们的儿子从我们身边带走吗？"这位母亲的语气中第一次出现了关切的意味。父亲一下子坐回到椅子里，将头靠在墙上，叹了一口气，闭上了眼睛。加布里埃尔挺直身子坐在病床上。在这次谈话中，他第一次正视我的脸，眼睛里闪动着难以置信的光芒。看到他的样子，我回想起许多年前我因为父亲的家暴而报警、那两名华盛顿警察上门、说他们会逮捕我哥哥的情景。那一晚，他们通知我家，说我们都和那次家暴有牵连，所以我们都必须缴纳罚款。

所以现在，当我俯视着这个孩子，我能明白他的心情。我知道无论我说什么、做什么，都无法让他好受一点。我们全都陷入了这场困境，没有人可以置身事外。

"不，这不是我们的目的。没有人想要让你离开你的家人。不会发生这种事。"我拼命尝试着说清楚我的意图。等待社工到来时，我开始思考，为什么在我长大的那些年里，没有一位医生单独和我谈过话，问过我是否有安全感。也没有一位教师、辅导员或者家人这样问过我。我不知道如果有人这样问我，我又会怎么说。我觉得我也会感到不情愿和害怕。但我知道，这一定会让我学到人生宝贵的一课：我可以得到成年人的保护。

急诊室社工名叫艾莎，她赶过来听了我的报告。在和那一家人谈完话后，她对我大致讲述了她的发现。那对父母努力奋斗，竭尽全力为他们的孩子创造最好的环境。母亲在食品杂货店工作，经常会为了多挣一点钱而加班。父亲是一名看门人，需要夜以继日地工作，同时还在兼职做建筑工人。他们住在一个暴力犯罪猖獗的社区。那里的每个街角都有人在兜售毒品，枪声此起彼伏，就像郊区黄昏时的蟋蟀鸣叫一样稀松平常。

艾莎把手放到我的胳膊上，她的声音柔和却又充满无奈：

"米歇尔，当你身处在战争中，生活的规则是不一样的。从某种角度讲，这一家人都是战士，在为家庭而战。战争环境有它的特点。暴力行为在战争地区是生活中普通的一部分。为了生存，你就要做你必须做的事，无论是在外面还是在家里。"她叹了口气，"他们是好人。但这么做不对，加布里埃尔不应该认为持枪是正常的事情，不应该觉得自己必须有一把枪，才能在学校感到安全。学校应该是安全的，他不该以那种方式在学校里生活。"

她又叹了一口气，这一次她的叹息更加沉重。

"哦，这孩子，"她摇摇头，"不管怎样，没有证据表明这孩子真的有一把枪，他的家人也没有枪。我会写一份报告，也会和他们一家人进行确认。这件事就这样。"她再次摇头，微微笑了一下，"除非急诊科能够为这些人提供工作，让他们有足够的工资和安全的住所。"她拿起文件夹走了，没走出几步，她又忽然转回头问我："我们能做到吗，医生？我真希望我们能做得到。祝你有愉快的一天。你知道怎么联系我！"她挥挥手，去看下一个病人了。

那件事已经过去了好几年。我后来再没有得到过加布里埃尔一家的消息。但他的故事，他们的故事，一直让我无法释怀。

现在，我站在蒙蒂菲奥里医院的急诊创伤科，等待即将被送来的创伤患者——我们全都穿好手术袍、戴好手套、做好了一切准备。他们已经打来了电话：两名年轻男性中枪，一个在头部，另一个在腿部。收到这样的创伤警报时，我常常觉得这样的伤员会是加布里埃尔或者许多像他一样的人。我的这一班刚开始，所以我会负责受伤更重的那一个。通常情况下，新医生也会负责处理最新被送到的危重病人。另一名医生会在 2 号创伤急救室照料伤势不那么严重的病人。我和我的团队会在 1 号创伤急救室。我们估计这件事和帮派有关系，这几乎是必然的。

我站在床头，最后一次检查抽吸设备和喉镜刀条。一名技师在床脚处准备好剪刀，他会剪开病人的全部衣服，让我们检查他身上是否还有其他损伤。另一名技师准备好了 C 形环。这是一种硬质颈托，用来固定颈椎。急救队应该已经给病人上了 C 形环，我们这样做只是以防万一。病床两侧各有一名护士，她们分别负责一个输液架。房间里还有两名医科学生。他们正充满期待地悄声议论着什么。这是他们第一次在急诊室值班。他们可能觉得自己正出现在《急诊室故事》的真人秀节目中。

"请快让他们过来吧。"我催促道。我捏了捏口罩顶部的鼻梁条，防止面罩上有哈气，心中想着所有那些可能会导致情况恶化的事情，以及我该如何应对。如果中枪的地方是在口部，我无法给病人插管该怎么办？如果是在颈部，我连气管切开术都做不了又该怎么办？还有一些时候，急救队的通知完全是错的。有一次急救队打电话说患者胸部中枪，结果只是手臂上的皮肉伤。谁知道呢？也许那个要被送来的家伙只是头皮受了一点擦伤。

拉米蕾兹护士走进急救室，向我们更新了消息："刚刚确认了，只有头部中弹的伤者会送来。另一个人被转去了圣公会医院，因为他们是敌对帮派的。没人希望他们在这里又打起来！急救队马上就到了。"

"谢谢，头儿。"技师布莱恩回应道。

救护车入口处传来响亮的轮床声。随后急救队就出现了。轮床边上垂下来两只巨大的黑色运动鞋，随着轮床的滚动不停地磕在一起。

"抱歉，来得太急了。"一名急救队员开始了报告，"男性，20多岁，头部枪伤，格拉斯哥昏迷评分从13到15，无法缩小区间，因为他一直都在躁动。血压110/70，心率140次/分钟，血氧饱和度95%。我们无法给他输液，也没办法在现场给他插管。"

他们把病人放上病床。一名急救队员开始帮布莱恩剪开伤员的衣服，另一名急救队员继续报告。

"当时简直是一团混乱。抱歉耽误了时间。那里有一大群人，有些人还在打。只能由警察护送我们进出现场。"

"他的名字？"我低头看着这个躺倒的巨人。他身高至少有一米九，体重近三百斤。

"身份证件上显示他叫'杰里迈亚'，已经给他登记好了。"体型庞大的杰里迈亚正在不停地挣扎着。

急救队和布莱恩快速精准地剪掉了他的牛仔裤。他的腿上全是血，但没有伤口。他们又剪掉他的衬衫，躯干和手臂上也全都是血污，不过同样没有损伤，也没有肿胀变形。我们在急诊科每天都要完成这样的工作，但从不会对这样的情景感到麻木——动脉和静脉里的血液从被损伤的身体中流出来，无论何时都会对我们的精神造成冲击。

我在他的颈部也没有看到异常变形。杰里迈亚一直在呼吸，还在呻吟，发出各种痛苦的声音。格拉斯哥昏迷评分是将病人的自主意识从 1 到 15 分级，他应该是接近于 15，这一点让人安心。

护士们为他设置好监控仪器，并准备好了静脉输液。他的血压从技术上来说是"正常"的。考虑到他的具体情况，这是一种非常不好的迹象——极为快速的心跳和相对的低血压意味着他也许出现了危及生命的内出血，很可能是灾难性的脑损伤。他还在不断挣扎。急救队的人和布莱恩按住了他的腿。护士们叫实习生过来一起按住他的手臂，然后插进一根大号输液针。

"杰里迈亚，杰里迈亚，你能听到我吗？"我轻声向他喊道，同时将手掌按在他的左侧面颊上，继续查看他的头部。他唯一的伤口在右侧头骨上。是一个异常严重的伤口——那里的颅骨已经碎裂，插入了脑组织。"我在哪里？妈妈！"他尖叫着，左右甩着头，他的眼睛一直紧闭着。泪水混合着血液流淌在他黑色的面颊上。

我把双手放在他的头两侧，让他安静下来，直视着他问道："杰里迈亚，看着我，你能看到我吗？"

他猛地睁开眼睛。

"你能帮我吗？求你，求你救救我！"他哭喊道。

"杰里迈亚，我们会救你。安静下来，请尽量保持安静，好让我们救你。"我像唱摇篮曲一样对他说道。

"求你，求你救我！妈妈！请，请救救我。"他盯住我的眼睛乞求着。

"杰里迈亚，我们会救你。"我继续柔声说着，心中祈祷他能够相信我，希望我们两个都能因为我的话得到安抚。

杰里迈亚不停地哭泣着，泪如雨下。他的痛苦似乎比头上的枪伤更深重，比颅骨被枪弹打碎、躺倒在人行道上更可怕。

"杰里迈亚，我在这里，我会救你。"我把手放在他的肩膀上。

"我要死了……我要死了……"他哽咽着。

"我们会救你，杰里迈亚。"我知道，我的话比将要注入他的血管、模糊他的意识、麻痹他的肌肉的药剂更重要，比我将要插进他喉咙的呼吸管更重要，比为他忙碌的整个团队更重要。

我把手移到他的右侧脸颊，捧着他的脸。我知道他正处在十字路口，我知道无论他是因为做了什么才来到急诊室，他现在都该得到安慰和照料。

"哈珀医生，输液准备好了！"护士翠西报告。

"很好，"我向她竖起两根拇指，"我们先从150毫克利多卡因（一种局部麻醉剂）开始，然后是30毫克依托咪酯（催眠性静脉全身麻醉剂），最后是150毫克琥珀酰胆碱（骨骼肌松弛剂）。"这些药物能够让他放松下来。然后我才能为他进行气管内插管。

我抓起喉镜刀条，最后一次注视他的眼睛。"好了，杰里迈亚，你要睡了。"

他陷入无意识状态以后，我将呼吸管插进他的气管中。呼吸小组为他接好了二氧化碳指示器。我们注意到指示器的颜色发生了显著变化。于是他们给他上了呼吸机。我脱下染血的手套，拿过听诊器，仔细听了他的胸口：双侧肺气息进入良好。这表明气管内插管位置正确。手术团队立刻冲进来，把杰里迈亚送去了手术室。技师和护士们开始去为下一个病人做准备。急救队也开车去完成新的任务。这间病室暂时空了，只剩下抢救后的一片狼藉：监测仪器的导线耷拉在屏幕下面，地上到处都是血渍、塑料针帽和被丢弃的手套。

一名警方调查员走进来，打破了房间里的寂静。他向我询问：病人情况如何？他来到这里时是什么样子？我们在急诊室里为他做了什么？他离开急诊室的时候状态怎样？

我回答了他的问题。结束笔录以后，我们相互为对方的努力工作表示感谢，然后走过一地狼藉，继续我们的其他工作。

埃斯特班护士在急救室门口遇到了我们。"医生，手术室打电话过来了。那个病人在手术台上病危，已经死亡。"

警察听到了他的话。"好吧，现在这是杀人案了。谢谢，伙计们。"他说完就走了出去。

我抬起头看着埃斯特班，然后点点头叹了一口气。我并不感到惊讶或者困惑。头部中枪的人死去并不意外。一个将要死去的人放声哭喊也没有什么好奇怪的。这只是证明他在那一刻对自己有着充分的认知。我的叹息，是承认在那一刻他和自己以及自己的生命在一起，在急救室明亮的灯光下，他流出的血和泪水使他的罪得到了宽恕。从他身上就可以理解，无论我们在生命之初是什么样子，到最后，我们都只能孤身一人面对我们的所作所为。杰里迈亚一直在呼唤妈妈，但在生命的最后一刻，每一个曾经被我们尊崇或背叛的人都不会和我们在一起。我们孤独地躺在那里，本来还有血与肉，但最终只会剩下灵魂。

我忽然想到，也许杰里迈亚就是已经拿起枪的加布里埃尔。也许他终究不是加布里埃尔。真正的加布里埃尔可能在和我相遇的那一天之后就再也没有碰过枪。也许加布里埃尔离开了急诊室后一路披荆斩棘直到毕业，经历重重挑战而变得更强大；也许他读完了大学，可以辅导他已经十几岁的妹妹；也许他正在努力工作，立志干出一番事业，不仅要改善他自己的生活，还要改善他的家庭和整个社区的环境。

我们在出生之前是否就选好了自己的起点，这是个人信仰的问题。但的确有人的旅程会从平坦的草地开始，而有的人一开始就要攀爬陡峭的山峰。一条看似平坦的道路上可能有看不到的沟壑和陷阱，而另外一条道路尽管充满了痛苦，却更有可能给行路者这样的承诺：只要沿着这条路一直走下去，你就能锻炼出登上珠穆朗玛峰的能力。当然，从很多方面来讲，这都绝对不是公平的，但可以确定的是，这两条路上都有许多未知。

在前行的路上，无论脚下地势如何，我们迈出的每一步都是在做选择，我们会回望自己的脚步，同时必须面对自己选择的结果。承认了这一点，才有救赎可言。

第 七 章

迈 过 那 道 门 槛

如果再快一点，我还能赶上早晨的瑜伽课。从我的公寓出发，只要走过四个街区，我就能迈过那道从外部世界进入内部世界的门槛。这间位于城市中心的瑜伽教室三面都有窗户，阳光可以洒到整个房间。我到了那里，就会在硬木地板上打开垫子，沐浴在阳光中。垫子延展开来，另一端轻轻拍在地板上：这是我个人的祈祷。

在坐下以前，我会将名为"三昧之息"的香粉拍在掌心，再抚过我的前臂和脚尖。我还有一些工具（木砖、带子和毯子），用来帮助我放松紧绷的肩膀，或在一些困难的体式中帮助我拉长腿筋。散发出香辛气味的檀香和丁香让盘腿坐在垫子上的我安定下来。终于，我进入了完全的宁静，直到冥想开始。

正是在这张垫子上，我学会了身体上的彻底放松。我将自己的身心完全投入到第五次拜日式（瑜伽的一种经典体式）中，然后是第六次拜日式，同时我不会去想是否有第七次拜日式。随后，我以三角扭转式站立。当我的臀部奋力伸展，我的髂胫束（从骨盆到小腿两侧的粗大筋膜纤维束）好像被撕裂时，我能看到、感觉到自己的边界。当我缓慢轻柔地让自己的臀部稳定在正位，脱离了髂胫束的牵扯，这个体式就进入了美好的状态。我轻柔地呼吸，让两条腿有节奏地逐步延伸。随着火焰变成柔软的水汽，我的身体扭转也渐入佳境：深入、干练、前所未有。三角扭转放松后变为新月式，然后我将后脚向外转出，压稳后脚的小趾边缘，同时将同侧上臂向远处延伸，变成侧角伸展式。我小心地不让前腿臀部肌肉卡死，将双腿的力量融合在一起，同时将胸廓向上旋转，解放我的躯干，让我的心脏朝向天空。

然后就到了选择的时刻。是强化这一体式，让扭转更加深入延展，还是让体式更加丰富，激活身体核心，将双手绕过身体交握，完成对自己的约束，变成侧角扭转式？你能在扭转和保持肢体相对的同时在内部伸展，超越这种约束吗？最重要的是，你能自始至终记住呼吸吗？这些都是问题，都是选择。真正的目标永远都是深深呼吸，维持呼吸并明晰在什么时刻要让身体保持在什么样的状态，会让整个练习更能滋养你的身体。

以心脏作为引领，我将肋骨和手臂转向背后，将下方手臂伸长到我的前侧大腿以下，再与上方手臂交握。我很难在保持两侧身体延长的同时让双臂伸展到位。但我每次都会尽力去做。我在身后握住双手，用力牵拉：肩膀被向后拽去，胸口向上向后翻转。通过我的臀部和脚向后和向下伸展，通过我的胸部和肩膀向上和向后伸展。保持力量和延伸，放开其余的一切：懂得坚持什么和放开什么至关重要。绝对不要忘记呼吸。

一直专注在当下，感受呼吸的馈赠。

有时这样的练习很容易，但偶尔我的四头肌会因为前一天的跑步而感到疲惫，在过度伸展中会颤抖。我的呼吸会被卡在肋侧，挤压胸部。但强行用力永远不是解决之道。正是在这样的时刻，我学会了只有接受当下的一切，才能从容虔敬地继续前行。如果身体需要在这一刻补充能量，如果呼吸需要在这一刻顺畅地流转过肺小叶，那么就略过这个体式。继续用力挤压已经收缩的肌肉只会导致身体被向后推或者撕裂。

有一句很有名的格言：我们生来就受到束缚，所以要学会解放自己。我最喜欢的一位瑜伽老师则有着不同的说法：我们生而自由，但要选择以何种方式将自己捆绑成一个整体。

正是出于这个原因，我搬到费城后不久就开始修习瑜伽；也正是出于这个原因，我一直保持着瑜伽练习。

有人说，每一个新的瑜伽练习者都能在垫子上找到自己的方式去治疗一处伤痛。有时候这种伤痛和运动有关，但大多数时候它是心灵上的，也许是离婚、成瘾或性创伤。当一个人无法承受这些伤害，他往往会放弃自己的身体，只有在度过创伤的急性阶段并存活下来之后，才有可能让意识和身体重新接合为一体。瑜伽是让我们回归完整的一种方式。通过规律性练习塑造出来的"瑜伽臀"只是额外的收获。

在新年临近尾声的时候，那所郊区医院的主任辞职了。我将接替他的位置。我意识到，如果我继续在管理岗位上这样向上升，从助理医务主任变成医务主任，我只是在从一个仓鼠转轮跳到另一个仓鼠转轮上。就像影星莉莉·汤姆林说的那样："在仓鼠转轮上跑步，即使你赢了，也依然是一只仓鼠。"

我的使命是治疗，这才是我真正的理想。目前的医院管理岗位可能很有价值，但不会让我成为一名治疗者。大多数行政职责都是使医院系统的利益最大化，以及尽量减少财务损失。而这两个目标都不包括对病人的照料。管理者本应优先考虑的是如何为医护人员提供良好的条件，让他们可以为病人提供优质的服务，但我能看到的管理工作现状绝非如此。我无法完成与自己的初衷差异如此巨大的任务——即使那可以带来更高的薪水和更舒适的工作日程。

我必须重新踏上我真正要走的道路。我知道这意味着我要放弃现在的工作，我的工作履历会变得不那么光鲜，但我也知道，缺乏奉献精神永远不会成功。我的每一部分都在要求回归正位。我的工作就像我所做的每件事一样，都是我自己状态的缩影。我练习瑜伽，吃健康食品，用冥想保持清醒，都是为了支撑身体走在正确的道路上。我用心指导实习生和住院医师，尤其是来自弱势群体的有色人种女性，因为她们格外缺乏医学方面的榜样角色。

医学领域和其他领域一样，一直存在着歧视问题——女性往往得不到晋升，有色人种更是从一开始就很难进入这一领域。我知道，我的急诊临床工作必须关注那些缺乏医疗服务的人群，因为这才是最贴近我内心的医学。我的治疗工作需要超越传统医学，超越急诊科。

对我而言，最好的办法就是离开管理岗位，最好还要停止在急诊医学学术中心的工作，因为弥漫在这里的官僚气息分散了我作为治疗者的注意力。

* * *

我离开蒙蒂菲奥里，去了费城的退伍军人医院。在那里，我遇到了许多英雄。维多利娅·奥诺就是其中一位。

她跷着二郎腿，稳稳地坐在椅子上，双臂按在扶手上。她的手指在用力，微笑却很轻松。她的衣服松松垮垮地挂在肩头和膝盖上，看上去至少大了两号，但这已经是我们为精神病患者准备的最小的衣服了。

我敲门的时候，她抬起了头。我问她为什么要自己来医院。

"你好，女士，我来这里是为了让自己清醒，让自己变得完整。就是这样，这就是我现在应该做的。"她咧开嘴微笑着。

在这里遇到她让我感觉很奇怪——这就是我印象最深的一点。我觉得自己好像早就认识她，仿佛我们曾经在周二和周四的中午一起上过瑜伽课，或者一起参加过马拉松赛跑。而现在，我们却在急诊精神科这个被锁住的房间里相见，这种感觉很不正常。

"维多利娅·奥诺女士……你的名字很特别!"①

她笑了。"是的,嗯,这不是我的主意,爹妈就这么给我起的名。你可以叫我维姬②。"

"好的,维姬,听你说话就能感觉出你是个坚强果敢的人。这样很好。是的,我来就是为了从医学上帮你厘清自己。"

这是面对一位精神病患者的标准程序。不管她最后会因为精神病而住院,还是因为滥用处方药物而被转去接受门诊治疗并被送出院,急诊科医生都必须先对她进行检查,以解决病人可能存在的急性医学问题,随后病人才会被转给精神病医生或者接受非医学专家护理。

"那么今天,我们要为你厘清什么事情呢?"

她交换了一下两条腿交叠的位置,竖起食指和无名指,顶住太阳穴。看样子,她似乎正专注于某种遥远的难以看见的东西。

"我必须搞清楚自己的思路。我在军队里经历过一些可怕的事情。现在我必须把它们都放下。所以,我只是在这里走个程序,好让我去过渡房住上一段时间。"

"我明白。"其实我不太明白。这样说有一部分只是出于

---

① Victoria Honor,英文原意为"胜利·荣誉"。
② Vicky,维多利娅的昵称。

习惯——在进入急诊科之后想要尽快出去的习惯。

这个封闭的病区只有用门卡才能进出。在入口处的正前方和右侧，你首先看到的是一连串呈弧形排列的病房。和急诊室主区的不同之处是，这里的每一间病房都配有斜躺软椅，其中大部分在靠墙处还有一张平坦的床。这里的病人不约而同地选择了关掉自己房间的灯，坐在黑暗的房间里，或者躲在帘子后面。病区入口右侧护士站的信息板上列出了每一位病人的就诊原因，几乎都是自杀倾向、杀人倾向、精神错乱、药物依赖和酗酒，或者是上述几项的组合。走进这里，你会听到门上金属锁的咔嗒声，提醒你这里是封锁区域。就算是已经进来过几百次，那种咔嗒声依旧会触发我的潜意识，让我迫不及待想要回到一个门没有上锁、灯会被打开的地方。

"我明白，"我又说了一遍，"很抱歉，但我还是必须按列表问你一些标准的医学问题。其中有一些听起来可能会很傻，不过我还是要问一下，作为确认。"

她点点头。"当然，当然。开始吧，医生。我来这里就是为了说实话，是为了寻求帮助。所以，什么都可以问。"

"你最近有没有患什么疾病？感染？或者类似的情况？"

"不，没有，我一直都很健康。"她一边回答，一边敲了敲床头柜。

"你目前在服药吗？"

"没有。"

"对什么药物过敏吗？"

她摇摇头。

"最近有没有做过手术？"

我能够看到维姬的肩膀在她的大号衣服下面略微垂低了一点。停顿一下之后，她继续说道："没有，最近没有手术。"她在座位上摇晃了一下——是有节奏的前后晃动，又摸了摸自己的胸骨，清清嗓子说："只有一次。不过那已经是几年前的事情了。"她又停顿一下，看着自己放在胸前的手，仿佛这只手可以将她稳定住，提醒她记住，她透露的每一条信息都是这个程序的一部分。终于，她抬起头说道："是的，有一次手术，是堕胎，距离现在有几年了。"

"好的。"我回应道。我知道问题还要继续，但这并不容易。我们已经开始了程序，尽管她在这里让我感觉非常不安。她表现出的力量告诉我，刚刚她的犹豫绝不是什么好兆头。

我告诉自己，她不应该穿着这种蓝色病号服坐在这里，我也不应该来急诊精神科。再过几分钟，我这一班就结束了。医院不应该这样拥挤——还有十位病人正等在急诊科（他们被收进医院，但还在等待普通病房有床位空出来）。那位夜班医生也不应该一个人，我本来是他唯一的支援，可是再过几分钟我就要下班了，到时就只剩下他一个人照顾急诊科的二十位病人和候诊室里的另外十位病人。

在这家医院，实际情况和标准规程完全不一样。负责照顾收容病人的是急诊科医生，而不是入院团队。所以在即将下班回家以前，我会因为感到愧疚而再来看一位病人。我来这里是为了进行医学情况确认。随后的问题则会让我进入一场持续15分钟的对话。而且说实话，这其实是社工和精神科医生的工作。这位年轻女士的身体非常健康。

我继续按流程提问："你觉得你想要伤害自己或者其他人吗？"

"哦，天哪，不！不，绝对没有。"她微笑着把手探向脖子，又清了清嗓子。

"那么，如果你不介意，我会做一次快速的身体检查。我能听听你的肺部和心跳吗？"她表示同意，我便完成了这个敷衍了事的检查。

"我这里没有问题了！精神科医生和社工应该很快就会来找你。在我离开之前，你还有什么问题想问吗？"

我将听诊器放回到腰包里，又把几缕不听话的头发从脸上拨到脑后。维姬看着我做这些事。她明白我的心情，并且因为我们的相似而露出了微笑。

"没有了，我没什么问题了。"她将双手放在腿上，"我来退伍军人医院已经不止一次了。这里的有色人种医生真是不多。我在去新的女性健康中心之前，也没有见到过任何女医生。能见到你真是太好了，谢谢你。"

这正是我来到这里的原因。随着医学的发展，许多医生都将退伍军人医院当作医学之家。我们决定要照料那些为了服务我们的国家而献出自己一切的人。他们得到的回报实在是太少了。来到这里，让我们找回了已经失去的医者初心；同时我们也知道，这里存在着根深蒂固的腐败传统，我们希望自己至少能够带来一点改变。我知道这份工作不会是我的最后一站，它将是我职业道路上具有积极意义的一部分。

我是为了帮助他人才选择当医生，不想被无休止的文书工作束缚，被满意度调查困扰。医院期待我们更快更多地诊治病人——不是追求治病的疗效和安全性，而是追求速度。而当病人感觉我们没有耐心倾听他们的诉求时，医院管理方又会为此而责备我们。所以在比较不同医院的工作环境时，有一项非常重要的衡量标准：哪家医院的官僚主义少一些。就目前而言，我深切地感觉到退伍军人医院对我来说将是一个关键的转折点。

"谢谢。很荣幸也很高兴能够来这里。你是对的，我们肯定需要更多女医生和有色人种医生。我相信我们会看到更加积极的改变，对吗？"

我们友善地道别。当我转身掀起帘子准备离开时，我又瞥了她一眼。她向前俯过身，一只手按在额头上，另一只手绕着身边桌上冰水的杯口画圈。我看着她，想着要不要问那个问题。她的注意力全在冰水上，指尖画来画去，没有注意到我当下的犹疑。现在已经很晚了。我重新考虑了一下，现在我只想回家。但我不能，我必须问。我知道我的妹妹沉陷在怎样一口痛苦的深井中。人类总是能够彼此了解，只要我们有足够的勇气。我也曾经在痛苦中转了一圈又一圈。为了能解放自己，我曾经将自己打成无数个死结。如果我今天保持沉默，无视在她身上感觉到的那种侵犯，我会觉得自己也是同谋。

我放下帘子。她抬起头，将盯住手指的眼睛转向我，露出微笑。

"维姬，我能问你一些事吗？"我问道。

"当然。"

"你说你在军队时遭受过创伤。我能否问一下，你遇到了什么？"

她坐直身子，双手按住大腿，摩擦着起皱的衣服。当她开口的时候，声音要比刚才低了很多。

"是的，是的，你可以问。"她停顿了一下，然后又低头去看自己的双手，有节奏地揉搓着它们。终于，她让自己停下来，再次抬头看我。"还记得我提到过的那次手术吗？那次堕胎。我在军队里被强奸了。"

她没有哭。她的眼睛蒙着一层冰霜——那是一层保护性的寒气。正是这种寒气能够让人在掉进冰湖以后继续维持自己的生命，继续在不可能的环境中活下去。这种寒气会减缓人体新陈代谢的速度，让人在水下存活数小时，直到获救。这是灵魂天生保护自我的智慧：在还不应该离开的时候继续保存住自己的躯体。

我用双手按住胸口，却还是没能完全掩饰住自己仓皇的喘息。我没有时间去思考自己做了什么。"哦，维姬，我为你难过。这样的事情不应该发生在任何地方，不应该发生在任何人身上。"

在某种程度上，我已经知道了，或者至少是感觉到了。我还知道，暴行的另外一部分恶果就是逼迫人沉默。有人甚至认为，强迫受害者独自承受创伤是更大的罪行。因为受害者知道揭露真相只会让自己暴露在指责、评判和更多的伤害之中。将罪过归结在受害者的头上是不公正的，是更加严重的问题。小时候我在华盛顿的那幢房子里就清楚地学到了这一课。直到离开了那幢房子，我才彻底明白，保持沉默是危险的，要比用足够大的声音推倒墙壁、推倒整幢房子危险得多。说出自己要说的话，任由他人评判，以英勇的姿态完成对自己的治疗，这才是真正能对抗伤害的巨大力量。只有认真讨论暴行，我们才能真正改变它们。暴力只有被暴露出来，伤害的循环才能被打破，而不是日复一日地盘踞在我们的潜意识里，年复一年地毒害我们的生活。

"是的，谢谢你，是的。"她点点头，疲惫却轻松地深深呼吸着。

"很高兴我的话能让你好受些。你正在掌控你的生活，治疗你自己。"

"是的，我是。我现在只能一天一天地熬着。你还记得刚才你问我是不是想要伤害其他人或者我自己？"

我靠在墙上，双手撑住后背，准备继续听下去。但我不知道是否还能听她的倾诉，我不知道能不能承受住她熬过来的那些痛苦。我不知道此刻能否压制住我的怒火，会不会突然控制不住，将我真正想要说的话全部告诉她：

　　他们对你做的事情太卑劣恶毒了，不应该有任何人，甚至不应该有任何动物被这样对待。我们离开这个地方，我会给你介绍一位社工，她还是一位针灸医生，能够更好地帮助你。我会给你找一份可以让你自立的工作。你要永远离开军队。男人会犯下这种罪行是因为军队在纵容这种罪行，因为他们整个体制从上至下地贯彻了歧视女性的文化，因为他们追求有毒的所谓男子气概；我们的司法系统有着同样的毒性，因为我们的国家首先就建立在这些有毒的原则之上。他们全都应该为此付出代价。所有这些惩罚本来都应该属于他们。来吧，让我们一起做出改变。

但我猛然回想起我只是在一家医院急诊科的精神病区中。这里不是我家。这甚至不是我的工作。是我主动让这道门被打开的。实际上，我打开它是因为我想要向维姬表达赞许和感谢，因为她的经历，还有她的人性。是我主动要成为她的治疗者，所以我才强行走上了这段无疑极其艰难的道路。

"是的，我记得。"我说道。

"说实话，我现在不想伤害自己了。但有很长一段时间，我的确不想再活下去。我那时在阿富汗。部队里只有我一个女性。我是一名工兵。"她停顿一下，面色明朗了一些，片刻间，我仿佛瞥到了在发生这件事以前的维姬。"我什么都能修！我修好了发电站，还负责维护车辆。是我维持了部队的正常运转。"突然间，她又变成了那个被套在蓝色病号服中的女人，沉默地坐了很久："我从没有搞清楚是为什么，但那个军士从一开始就恨我。他总说我什么都不是，一点用都没有。"她深深地吸了一口气，然后悄声说道："每天都说。"

她眯起眼睛看着我。"你知道，我加入军队是因为想要为我们的国家做些事，也让自己变得更好。然而我听到的只有这个——"她双手叉腰，做出一副怒目圆睁的样子："列兵奥诺，"她学着那个军士的样子吼叫道，"你永远都一文不值！"随后她紧张地笑了起来："当然，我学得不是很像，因为他吼叫的时候总是会喷出很多唾沫。"她的眼睛红了，面色变得凝重起来："你能想象吗？哈珀医生，在你独自身处异乡的时候，每天都被老板训斥自己毫无价值。他是那么恶毒，而且只对我恶毒。他会给我许多新任务，让我整夜工作，而其他人都可以睡觉。我祖母去世的时候，他也不让我回家去参加葬礼。他应该给我放假的，但他从来不让我回家。"她抚摸着自己的小臂，前后摇动着身体。

"我很难过，维姬，我真的很难过。"我的哀伤中充满了怒火。我知道，她故事里的每一个人都需要治疗，但唯一寻求治疗的人只有坐在我面前的这名女子。这让我更加感到哀伤。

她继续说道："是祖母养大了我，我从没见过父亲，母亲也只是偶尔出现。她还活着。我从懂事起就知道她一直在吸毒。嗯，我猜她现在应该好一些了，两年前她刚刚戒了毒。只要她出现，就是向我要各种东西。我 10 岁的时候，她向我要走了祖母给我买零食的钱。她趁我睡着的时候会拿走我的存钱罐。"她的声音低了下去，"祖母是这个世界上我唯一的亲人。是她鼓励我接受教育，成为有用的人。但我没有钱上大学，于是我想到了可以先参军。退伍之后我会去上学，和祖母住在一起，好好照顾她。这就是我的计划。"

她眼睛里的冰霜变成了烈火。"你问我是不是想要伤害其他人或者我自己。在军士说我不能去参加祖母的葬礼之后，我想到了死。我只想去死。"她摇摇头，低垂下目光，继续说道，"然后，一切都变得更糟了。军士在阿富汗强奸了我。我在那里是那样孤独，只有我一个人面对那一切。医生，我无法和当地人交流，那里甚至连当地人也没有几个。我在那里从没有看到什么人。后来，另一名列兵成了我的朋友。没有人的时候，他会拿来食物和我一起吃。竟然还有人会和我做朋友，我非常感激。然后有一天，他也强奸了我，之后就再也不和我说话了。后来他的家里出了急事，他们让他回家了。他强奸了我。他们让他回家了。"

我看着她。一个瘦小的女人蜷缩在一张大椅子里。她的全部力量似乎都消失了，而且第一次显露出不安的神情。突然间，她仿佛距离我很远，还在遥远的阿富汗，在修理大炮，在祈祷战争结束，她能够回家。

她短促地呼了两口气。她的目光格外专注，声音在颤抖。"折磨我的人让我怀了孕，我只能去做手术，好阻止强奸者的后代在我的身体里生长。"她的声音越来越高，"只有这样，他们才不能夺走我的身体，夺走我的选择。他们将我放在这个位置上。他们已经夺走了我很多！"维姬停住了。她抱紧双臂，用右手捂住嘴，目光从我身上移开，她在因为自己的愤怒而感到不舒服，似乎在担心这样的愤怒会让她做出什么事，会发泄在什么地方。我等待着她成为我的同伴。她等待着安全感的到来。她再次开口的时候，语气已经克制了许多。"我希望他们去死。我受了那么多伤害，只希望他们去死。"

"维姬，我很难过。你的愤怒是有道理的。他们做的事情太恐怖了。"我又停顿一下，给了她一些空间思考。她只是坐在椅子里，咬着下嘴唇。我又说道："你理应得到幸福，不是吗？你应该获得自由。"

"这些我其实都知道，所以才会来这里。我来这里就是为了重拾我的人生。刚从阿富汗回来的时候，我开始酗酒。这是我在家里能独自待住的唯一办法，否则那些念头就会不停地折磨我。我找不到工作。就算我能找到，大部分日子里我也下不了床。想一想，那可真是发疯。"

"你已经不再喝酒了？"

"不了。有一天我意识到，这要比我离家去参军的时候更糟糕，比我能想象到的所有情况都更糟糕。我想到了我的祖母。那一天，我彻底戒了酒，告诉自己，我应该过更好的生活。"

"你回国以后有没有找到能够支持你的人？"

"我所在的新班组要好得多。"

"你把他们对你做的事告诉你新班组里的人了吗？"

"我告诉了我的新军士和一些列兵，他们全都支持我。现在我终于好起来了。"

"你还会变得更好。"我补充说，"能做到今天这样，你真的很不容易！"我停了一下，又问道，"那些强奸你的人怎么样了？那个一直谩骂你的军士呢？"

"没怎么样。他们什么事都没有，永远都不会有事的。但我的新班组修正了我的记录。我原来的军士在我的记录上写了很多恶劣的评价，所以我无法得到晋升和福利，但他们把那些都删掉了。我也有了一位新的心理医生。"

"听到你这样说真好，维姬。我真的很高兴。"

我没有说出下面的话：

但我们的政府没有能惩治那些需要为此负责的人，这种错误是任何人都无法接受的。那些人必须为他们的罪行付出代价。

但在这一刻，我不能这样说。这些话只会破坏她的治疗。现在绝对不是说这种话的时候。

"谢谢你，谢谢你。我告诉过祖母，我会去上学。这就是我的打算：我必须好起来。刚回国时见到的第一位心理治疗师说我有严重的抑郁症，可能还有双相情感障碍之类的。我希望我能克服这些问题。"

"维姬，首先，你很好。我想要你知道，你的情感是正常的。你遭受了精神创伤。你曾经被困在可怕的环境里，而你对于这种可怕处境的反应是正常的。"

她看着我，情绪似乎有些软化。她的呼吸渐渐放慢，身体也稳定下来。

"如果发生了这些事，你却不会感觉到哀伤和愤怒，那才是不正常和不健康的。你是对的，你需要让自己的感觉好起来，让自己成为幸福和充实的人。你没有生病，也没有任何不正常。你渡过难关，生存下来，还治愈了自己，你所做的事情足以令人感到惊叹。"

"对啊。"她高声说道。

她抬起头看着我。"医生，你知道吗？我甚至不知道这个孩子是谁的。"她垂下眼睛，声音微弱得如同在哀求。

"你没有做任何错事。错的是那些男人。他们都是软弱又可悲的人。那些犯罪的人才会真正受到深重无尽的折磨。"

"我同意。母亲从我这里偷钱，就是因为她在遭受折磨。我恨了她很长时间，但我最终原谅了她。我在去战场前就原谅了她。我看清了她是什么样的人，经历过什么样的事情，所以我会原谅她。"我能够看出，维姬放松了自己，重新恢复了力量。

"是的，你母亲就是个例子。她做了错事，你看到了她的痛苦，并理解了这一点，于是你原谅了她。但这不能成为她行为的借口。这不是说她那样做就没有错。那只代表你看到了她的痛苦和磨难，希望她能得到治疗。你放下了这件事，这样做的感觉如何？"

"我感觉自由了。我摆脱了过去，感觉到了自由。"

她的声音又低沉下去。

我说道："对于那些犯下丑恶罪行的人，这才是原谅他们的唯一原因。他们的行为同样在折磨着他们自己。"

"我明白，医生。我只是不知道自己能否渡过这一关。就像你说的，我必须治疗自己。但有时候，当我认真去想这件事时，说实话，我不知道我能不能撑下去。"

我拼命在大脑中搜索，想找到一些真实的话，一些在遭遇生活的艰难和不公时，我会对自己说的话。在上班时看到塞满急诊科的病人，而急诊科的主任们常常不会在他们当班的时候出现，那时我会对自己说什么？还有我小的时候，我离婚的时候，我孤身一人在费城打拼的时候，我在这些时候都会对自己说什么？不管怎样，我不可能就这样逃走。

"你还记得南非前总统纳尔逊·曼德拉吗？他过世的时候，我们感到多么的失落啊。"我一边说，一边皱起眉，"那是多么巨大的一股善良的力量，可是现在已经离开了我们。"

"我知道，他真是令人惊叹。"维姬的眼睛里闪动着光彩。

"那么，你还记得他都经历过什么吗？他为了推翻体制化的种族主义与自己的政府战斗。为此，他被关进监狱，在狱中还遭受了将近30年的虐待，但他坚持了下来。而且在那以后，他仍然在努力宣扬爱、原谅和同情，以他的力量真正改变了世界，也因此治愈了他自己和千百万其他人。那些人对你做的事是错的，维姬。我们所遭遇的那么多事情都是不对的，是不好的。但我们能够坚持下来，治愈自己，变得更强，以美好、强大、治愈的力量塑造我们与其他人的人生。实际上，这才是原谅的原因。就像对你母亲，你以自己的力量原谅了她，也解救了自己，用你对她的原谅治愈了你。因为你的力量、你的勇气、你的自尊自爱，其他人也得到了治愈。就是这样。"

"我喜欢这样，哈珀医生。我真的很喜欢这样，真的想要这样做。所以我才会来这里。所以我才会去学。我的新班组和心理医生也在帮助我。"

"最重要的是，你在帮助自己。是你做了所有这些事。"

听到我的话，她的脸上放射出骄傲的光彩。"是的，是我做的。"

"是的，是你做的。继续下去，成为曼德拉！"我双手在胸前合十，仿佛在向她行礼。

她微笑着说："是的！所以我才会来这里！"

"没错，你做到了！"我们一同笑了起来。这是发自灵魂深处的欢笑。这个房间里第一次充满了热情。我忘记了自己早已应该下班，忘记了我是在精神科。

"好吧，亲爱的，我要回到急诊那边了。我该下班了。祝你好运。我等待着有一天你会回来，告诉我你的幸福和满足。祝你拥有全新的人生。"

"谢谢，我一定会的。知道吗？我还从没有和任何人这样说过话，从没有向任何人倾诉过所有这些事。今天我能够把它们都说出来，感觉真是太好了。能够这样倾诉一下实在是太好了！"

她浑身散发出一种柔和的光彩，让她看上去比刚刚进来时年轻了 10 岁。

"你很好，也很安全，而且你现在看上去真的是轻松多了，就连脸上都有光彩了。"

"谢谢你，医生。上帝祝福你。"

"也谢谢你，上帝会祝福我们所有人。这是我们都需要的。"我最后和她交换了一个微笑，然后转身掀起帘子，向外面走去。

精神科的夜班护士帕特走了过来。"你还在这里做什么？你不是一小时以前就应该下班了吗？"

"是的，我必须快一点了。"

"刚刚到底发生了什么？你是不是当初选错职业了，医生？"

"嗯？"我想蒙混过去，但我知道，他一定已经听见了。整个急诊精神病区很小，除了盥洗室、精神病医生办公室和社工办公室以外，其他房间都没有门，所以这里没有任何隐私可言。病房里说的每一句话都能被外面的人听见。每一个字都会清清楚楚地传到护士站去。

"你真应该做一位心理医生！"他又说道。

我笑了。"晚安，伙计。"

在那一天，维姬和我全都迈过了一道门槛。我们全都挺直身子，双手抱头，让困住我们的玻璃房子在我们周围崩坏坍塌。我们小心翼翼地走过那些碎片，虽然身上有许多伤口，但没有一个伤口可以夺走我们的生命。我们冲了出来，获得了新的自由、新的视野、新的决心。当我走过护士站，看到写满字的信息板和急诊科里少得可怜的人手，我想起自己还有五六份记录要完成，这意味着我还要再待上 20 分钟。但没有关系，我觉得自己一身轻松，容光焕发。维姬的力量是一座灯塔，是人类勇气的真正证明。

我回想起在一小时以前那些让我心神不宁的事——是否要离开这里，离开让人心灰意冷的费城。医院中永远充满了令人愤懑的管理问题。还有最重要的，我本来提议在医院里开设一个辅助治疗中心，以治疗创伤的长期影响——如疼痛、抑郁和焦虑，但医院诡异的政治斗争让这个提议根本无法实现。美国其他退伍军人医院里早就有了这样的中心，而且发挥了很好的功效，我们只要效仿既有的成功范例就足够了。尽管我早就提交了来自其他医院和美国军方的详细数据，证明了辅助治疗的优良成效——我们医院现在提供的大量药物都有严重的副作用，而很多辅助治疗手段不但效果好，而且没有这些副作用——但这个建议在没有任何具体原因的情况下，还是一再被驳回。院方只是给了一个极为含混的理由：费城退伍军人医院有人在专门做疼痛管理，所以如果需要某个人开设这样的辅助治疗中心，那也应该是做疼痛管理的那个人。可是，那个家伙已经十多年没有做过什么事了。

而"补充和替代医学兴趣小组"（这个小组由内科医生、社会工作者和精神病医生组成，他们每月开会讨论如何安全地改进退伍军人的生活）的人告诉我，他们多年以来一直在尝试开设这样一个中心，但总是会遇到障碍。有时医院管理方会告诉他们没有场地，有时是没有资金，再过一年，院方又会说时机不对。看到无力改变现状，这个小组的成员也一个接一个地离开了费城退伍军人医院。至于我提议的中心，看样子十年都不可能建成，而且院方甚至连一个像样的理由都不给我，让我根本无从对他们发起反攻。而勇气最大的好处就是让我可以将这一切看作上天给我的指示，告诉我应该试试别的办法。

认真思考我和维姬的谈话后，我意识到这些担忧不会真的让我失去力量。我最终还是会回家，而这会是非常好的一天，在一个受到巨大祝福的人生里非常好的一天。

那天晚上，我站在厨房，看着甜茶中冒出的热气。我满脑子都是从维多利娅·奥诺那里学到的东西。我提醒自己，无论是不是在瑜伽垫上，我们一直都能够选择重新开始，再一次好好把自己整合成一个整体。

第 八 章

以 我 的 原 则 度 过 这 一 生

时间还很早——还没有到 6 点钟，天还没有亮。我喜欢早到，而不是提前 10 分钟卡着点，匆匆跑进休息室，刷卡开锁。

早到的好处是有时间阅读最新一期的医学杂志。医院里还很安静——没有脚步声、轮椅声、问路声、警官押送危险病人的吵闹声。能听见的只有夜班咖啡机的声音，从那里流散出的香气让我的精神越发清醒。

今天会是美好的一天，我在心中确认了这一点。在上班之前的这段时间，我必须考虑好之后的人生要怎样度过。

我行医的时间已经足够长，知道健康远远不只是从处方和药瓶中得到的那些东西。而治愈的真正含义也绝对要远远超过现在的医学概念。就目前而言，我的辅助治疗中心的想法已经彻底破灭了。我曾经那样专注于这条道路，当我被拒绝的时候，我甚至考虑过在退伍军人医院以外建设这样一个中心。在与费城小企业管理局进行了一系列沟通，连续几个月和我在小企业管理局的指导者会面，并向许多当地专业人士做过咨询以后，我开始明白，在可见的未来，费城的市场几乎不可能让这样一家企业存活下来。除非我可以继续全职从事临床工作，然后只把替代医学作为一种极其耗时耗钱的爱好。

虽然现实让我感到失望，但我的事业还是要比我的个人生活好很多。我离婚之后曾有过一段短暂（大约几个月，但我还是觉得太长了）而令人沮丧的网络交友时光。随后的几年里我一直还是单身。更加令人沮丧的事实是：我陷入了一段不可能的爱情中。就在上个星期，我告诉科林不要再联系我。那个被我看中的警察，他的离婚比他原本向我承诺的要困难得多，连他自己也无法相信。除了军事手段以外，他大概想尽了一切办法要和他的前妻断绝关系，而他的前妻偷走了他的手机，黑进他的网上账户盗取数据，散播关于他的假消息，还跟踪、袭击他，并且声称要给他制造麻烦，让他丢掉工作。哦，还有她在不断威胁要纵火烧掉科林的房子。她有充足的时间可以兑现这两个威胁——毁掉科林的工作和烧掉他的家。科林的前妻告诉他："我唯一想要的就是让你经历痛苦。"如果科林对我说的和我的观察是准确的，那么这应该是他的前妻一生中唯一一句完全真实的话。

我很奇怪警察为什么总是能找到疯子。我觉得这大概就像急诊科医生、精神科医生、社会工作者和所有致力于帮助他人的人一样，我们都有着同样的阿喀琉斯之踵——容易被伤害吸引。这真是人生的关键一课：学会区分赋能和帮助，区分依赖和爱，区分执着于重现童年失落的悲伤与自主和自决的甜蜜。

科林和我相遇的时候，我有点着急地赶着要去工作——我说"有点"，是因为那天的交通情况很好，在市中心难得一见的好。所以我还有时间享受两分钟的好天气，然后才进入车里。科林身着便服向我打招呼，说我看起来很专注，紧接着他又问我："你是工作很努力还是几乎不工作？"直到他说出这句话，我才开始留意他。我抬起头看到他，又听到他那句滑稽又蹩脚的搭讪，禁不住放声大笑。看到我对他并不反感，他显然是大大松了一口气，也笑了起来，然后有些踉跄地向后退去。那让我觉得很奇怪，因为路面很平坦，没有东西会绊住他。他却一头向后栽倒，及时退了一步才重新稳住身子。我们面对面地站着，心中生出一种奇异的熟悉感。我眯起眼睛，片刻之后才转过头，说我必须赶去工作了。但我知道自己如此匆忙的真正原因是我不习惯与陌生人长时间对视，尽管"陌生人"这个词似乎不太适合他。从一开始，我们就可以谈论信仰的意义直到凌晨 3 点。仅仅是看到我眉头的皱纹，或者听到我说话时停顿了 3 秒，他就能读懂我的心思。有一次，我在凌晨两点从沉睡中醒来，感觉到他在城市的另一边，正在想着我。我看了一眼手机，没有语音信息、没有未接电话，也没有短信。我把手机重新放到床头柜上，拍松了枕头，然后翻个身，打算再睡一阵。就在这时，我的电话响了，是他打来的。

后来他变了——就像所有绝望的、受伤的人会发生的变化。他们不是改变成别的样子，而是将深藏的自己显露出来。是的，他要和一个女人离婚，这个可恶的女人在不择手段地祸害他，早已让他的身心疲惫不堪，但他的内心深处还在进行着更激烈的战斗。他的愤怒是因为自己竟然会和这样一个人在一起。他经历的创伤又撕裂了旧日的伤口——他的母亲抛弃了他，常常把他丢给一个舅舅照管。那时科林还小，却会被舅舅像成年人一样殴打。那时没有人去救他。而他的母亲直到今天还在不断用语言攻击他。这就是那位母亲的处事方式。所以他的成长过程就是不断寻找有毒的关系来复制他在童年遭受的虐待，不断提醒他过往的经历，因为他一直都没有能化解那些伤痛。现在他正在努力把自己从这一切中拯救出来。他处在危机之中，令人不得不同情。

但受伤的动物在为生存而战的过程中会变得凶残。他渐渐变得易怒、孤僻、刻薄。但说他一直都是那样也是不公平的。只是他的情况一直在恶化，他变成了一个就连做朋友都不会让我喜欢的人，更不要说是作为爱人了。当我在想"科林的哪一方面最终会占上风？到时他又会是什么样子？"这样的问题时，我意识到应该向自己提出的最明智的问题是：我未曾愈合的伤口中，哪一部分与他的创伤有联系？

我终于明白，科林在危急时刻崩溃的样子如同我的母亲；内心的恐惧让他不顾一切地向外攻击，这一点如同我的父亲。否认、拒绝和依赖共生不断在他身上交替出现，这就是我父亲和母亲的综合体。我和科林的"阴影自我"在我们的过往中重复着我们所熟悉的模式。和他在一起的经验提醒我，很久以前，我就有意识地为自己选择了一种不同的模式，所以我需要选择一种与我很久以前就做出的决定相一致的行动。况且我不是他的前妻、他的舅舅、他的母亲，也不是他内心深处那个受伤的孩子。但如果我继续停留在这个阶段，我就会成为他们所有人，因为在他的战斗中，他已经无法区分自己是在和谁作战了。

时机可以造就我们最好的一面，也可以毁掉我们最好的一面，只是个中原因也许没有人能说得清楚。我离开他的时候和我离婚时完全不同，我们进行了一系列的交谈，最终，我默默地拉黑了他所有的联系方式。虽然我们谈过许多次，但每次谈话都跑不出那几句，他告诉我，他知道自己一生都不会再有这样刻骨铭心的爱情。我们都知道这是真的。他还让我知道，他会回来找我，等到他能够纠正这一切的时候——如果他能够及时找到我，如果那时还来得及，我还没有搬去遥远的地方，或者和别的男人进入新的人生阶段。我知道他会的。但生活一直在前行。

"这一世，或来世，亲爱的，我们会重新在一起。"我对他说"这一世或来世"时是认真的。科林不相信转世轮回，也不相信会有来世的重聚和迟到的幸福，但他知道我的话也有几分真心。尽管有时候他很难听进去我的话，但他一直都相信我说的每一件事。每想到此，我还是会不禁露出微笑。

我也明白了，在生活发生巨变的时候，就算是好人也会迷失。在能够掌握另一种生活方式之前，他们会表现出自我毁灭的状态。以我的人生来说，我选择了和我小时候不同的生活方式，所以我不会对任何人重演我过去的创伤。人应该在正确的时间和正确的人一起创造美好。只有我的爱人也选择了健康生活，我的健康才有意义。

所以我祝福他，然后离开了他。尽管我认为自己在离开以后仍然会和他有关，永远都会有，但我知道，这样的关系会随着时间改变。我无法预见，什么时候看见新鲜的香草时不再想到他承诺过会为我种植的花园；什么时候不会再从快速眼动睡眠中突然惊醒，想着他会在某个地方，盯着他的手机忍着不给我打电话。但我知道总有一天，在我能感觉到但还看不到的未来，我不会想让他回来——无论我住在哪里，和另一个人在一起还是独自一人——我对自己足够了解，知道自己一旦离开就不会回头，而且离开是为了更好的去处。肉体分离之后，情感的解脱会随着时间而来。

生活还是要轻松一些。一定要有那样一天，我才能够稍稍平静下来。希望那一天快一些来。我已经累坏了。

然后我又自动更正了自己，提醒我应该做出一个更有效的肯定：今天就是很好的一天（我深吸了一口气）。今天是一个充满祝福和感恩的日子（我又深吸了一口气）。

我喝着自己最喜欢的咖啡。这是我今天早上刚刚研磨、手冲的，还加了椰子糖和奶油。今天是幸运的一天。这一刻是受到祝福的。

我合起看了一半的医学杂志，直奔急诊室。

绕过走廊转角，我看了一眼信息板。六位病人要住院，三位病人要出院。一位全职夜班医生玛丽刚刚下班，她以计日薪的形式在退伍军人医院工作，所以我们很少看见她。

"你好，玛丽，晚上情况如何？"我问她。

"老样子，老样子。"我一直都搞不清楚玛丽是怎么做到的，只是每次我在她上完夜班以后看见她，她都是那样炯炯有神、精神焕发、充满希望，状态就像刚进诊室那天一样饱满。

"你知道，这个地方会让人完全没有动力。"她又说道，"在这里简直什么事都做不了。从昨天开始，就有四位病人在等着——这怎么能行？我一直都是一个人在这里，一边看新病人，一边管理已经被收治的病人。这对谁都不好。"

我点点头。"我知道，一直都是这样。我们把情况报告给管理者。"说到"管理者"时我打了引号的手势，"但是……"

"完全没用！"她替我把话说完。

"哦，玛丽。"我叹口气，向她露出微笑，"说不定情况很快就会好转，你知道我们医院要有新的管理者了。也许他们能够对员工多一些尊重，人们也许会留下来。谁知道呢？也许领导们会真正努力改善退伍军人的处境，而不是通过创造虚假的工时记录来从这个体系中榨取好处。我们甚至有可能聘请到足够的医师来满足医院的需要……所以，也许……"

玛丽瞥了我一眼。"米歇尔，你总是会相信这种事！也好，你就继续坚持那些美好的想法吧！"

她是对的，作为急诊科医生，我们必须在患者的真正病因被发现之前，就对他们的当前"病情"进行评估。我们要确定他们是否有严重的病情，再根据不同病人的不同需求决定处置方案。我们不像专科团队那样，只需要将注意力集中在一个器官上。我们也不会做家庭医生的工作，为了病人的一个肿块，他们会协调五种不同的服务，在随后的两个月里一直对此保持关注，不断追踪几个星期内病人化验报告的细微变化。我们要马上采取措施帮助病人，决定什么是关键因素，什么问题必须立刻解决。在解决这些关键问题以后，我们还要决定是让病人出院，由他们自己处理后续问题，还是让病人住院，在一段时间内由其他人帮助他们恢复健康。

这就是我们急诊科医生与病人、医院、同事以及我们自己之间的理解、协议和契约。当契约被破坏，就会出现令人痛苦的后果。在这样充塞着如此多病人的急诊室，我们需要照顾所有人，急诊科医生不仅要承担一般医疗团队的工作，还要再加上本来属于其他专科医生的责任，而病人们迟迟无法从急诊科被转到一般住院部去。尽管这已经违反了退伍军人医院的政策和程序，尽管所有研究都表明，将过多病人收容在急诊科只会造成更多不良后果，但契约就是被这样破坏了。

所以我只好严格遵守自己的契约：首先防止伤害，之后才是治疗。

现在还没有新的病人被送进急诊科。这是查看滞留病人名单的最佳时间，我需要确认没有人被遗漏，也没有人被耽误。

看过所有病人的信息以后，我开始输入指令，要求更新我的病人清单，然后我愣住了——候诊室里没有新病人。

随后，我用两个半小时诊治了十位病人，第二位主治医师早就应该到了。我向信息板看了一眼，注意到我的病人从昨天夜班开始就没有一个被分配给医师。有一位病人正等着由我的同事来诊治——只是不知道他什么时候会来上班。有三位病人从门诊被送到急诊科接受评估——不过在我们这里的状态还是"正在转移"。也就是说，我们已经没有足够的力量接收从其他部门转来的病人，所以没办法照顾他们。其中一位门诊病人甚至是从家里被叫来看病的。另外还有四位病人正在候诊室里等待进入急诊室；等待住院的病人还有五位。今天早上应该回家的一位精神科病人现在从酒精中毒中清醒过来了，不过他感到很困惑。护士打电话给我，要我去对他进行评估。但她只知道这个人的名字，关于他的入院时间、来自何处、情况如何都不清楚。我查看了这位病人的记录，中年男性，除醉酒以外其他身体状况正常，但我暂时还不能确定他的问题只有这么简单。先给他做过检查以后，我又打了一连串电话，想知道急诊室这边的病人什么时候能得到医院床位，有相关团队来照顾。

格洛丽亚是一位工作努力、让我信任的床位协调员。她告诉我，医院现在不仅没有床位，而且实际床位还是"负数"。

"你说床位是负数是什么意思？"我问她。

"我的意思是，手术室全都排满了。我没有地方安置那些手术后的病人，更没有地方安置急诊室的病人。现在也没有人会出院。所以床位是负数。"

"而现在刚上午9点。"我们异口同声地说。

"太棒了。"我说，"那么，格洛丽亚，有消息随时通知我。"

"好的，我正在努力。现在我要去楼上，让医生们想想办法。"

我联系了急诊科的医务主任，用语音信箱、短信和电子邮件要求上级调派医院的病床，并且建议把病人尽量转移到其他医院去。急诊科领导层也秉持了一直以来的风格：没有答复、没有回信、没有帮助。

我问自己：我还可以接收多少新的急诊病人？还能为多少病人进行合理正确的诊治？我知道，一定还会有新的急诊病人。但我能放任那些已经在急诊室里面的病人继续这样待下去而不闻不问吗？就算这样暂时不会有什么事，但这符合医学伦理吗？

对非专业人士而言，这些问题听起来可能很愚蠢，但是你会希望一个工作表已经被安排满的汽车修理工，在处理每一辆新车的同时，还要帮助每个客户找到回家的路线，协调取车和照顾孩子，并安排后续的约会吗？当然不会。是的，这些细节都归于"不是我的工作"范围内。但医生常常会被要求做这些事。而这也往往是我们无法在自己真正的工作中做到尽善尽美的原因。在急诊医学中，就像过度工作的机械师一样，过分插入职责以外的事情给我们的工作增添了更多危险。当然，所有这些并不能回答那个我必须回答的最重要的问题：我愿意忍受这个现代医疗体系的多少缺点呢？或者可以换一种更清楚的问法：我治病救人的使命是否可以用其他方式更好地完成？

到了上午 9 点 40 分，随着病人越积压越多，另一位主治医师还是不见踪影，我开始寻思该怎么做。

我知道，首先是防止伤害。我的病人状况差不多还算稳定，只有那个精神状态刚刚发生变化的酗酒男性除外。我会首先对他进行评估，如果有必要就为他做更多的生化测试，还有心电图和脑部 CT，并给他补充维生素。他是一个长期酗酒者，可能有维生素缺乏症，这会让他有永久性脑损伤的危险。

下一步，我会去诊治正在等待的新病人。

然后是治疗：我会先代替入院团队，为在急诊室里等待时间最长的病人进行诊疗。虽然将这些添加到我的任务列表中会让我的工作难度以指数级别增加，但这不是病人的错。他们还一直被困在急诊室里。

开始这个计划的最好方式，就是再喝一杯咖啡，然后全力投入。

我为一位胸痛的病人叫来了心脏病医生，又叫胃肠道医生来看我的胃肠道出血病人。那两个科室都很困惑，为什么会接到我的电话，而不是入院团队的电话。他们问我是否应该先让病人住院，然后让入院医师打电话过来，这才是医院的标准程序。我解释说，我也很困惑为什么医院把病人的入院护理工作耽搁了这么久。我只是想让这些被卡在边缘地带的病人尽快得到治疗。那两个科室同意在急诊科给病人看诊。随后，神经科和超声心动实验室也接到了我的电话，他们也同样乐于帮忙。

下一步，我必须决定该如何处置克莱门茨先生了。他最新的两位主治医师的记录显示，他入院是为了止痛和接受转移性癌症检查。从昨晚他用了一剂止痛药以后，生命体征一直正常。我刚刚走过他的病室，看见一位衣着考究、身材修长的男人正在来回踱步，同时在平静从容地打着电话——完全看不出他需要止痛。他的腹部 CT 显示出分散的淋巴结肿大。报告称："数量多到无法量化。"

"哈珀医生，"卡丽萨护士喊道，"我刚刚把一个年轻人放到了 6 号病房。他只有一些抑郁和焦虑的精神病史，但他今天来的时候有发烧，心动过速到 130 次/分钟，还有毒品注射感染。"

我暂时放下克莱门茨先生的事，跟随卡丽萨径直向 6 号病室走去。

"早上好，斯帕诺先生。"我说道。

他正坐在病床上，看上去很克制，也很焦虑。我转向站在他身边的男人——他看上去就像是这位病人的临摹副本。"你好,你是他的亲属吗?一定是的。你们看起来真像。"

"是的,我是他的兄弟。"

我又转向病人。"你哪里不舒服?"

"感染,女士。"

他长着一头褐色长发,橄榄色皮肤,可以看出体格曾经如运动员般结实。很明显,抑郁症和毒品还没有出现在他生活中的时候,他是一个很有魅力的年轻人。他刚刚 29 岁,但苍白的皮肤让他看上去老了 30 岁。

他表情痛苦地弯曲右腿,指着像香肠一样没有了正常曲线的小腿。那里的皮肤肿胀发黑,还有脱落的状况,看起来就像木炭。他看着自己的腿,泪水顺着脸颊滚落下来,甚至痛哭失声。

"怎么变成这样了?"我问他。

"女士,我不会说谎。我打了可卡因,里面可能还掺了海洛因。我不知道。"

"嗯,"我点点头,看着他不住抽动的肩膀,"这是很严重的感染。我们需要……"

"什么?你是什么意思?为什么你会这样说?"他喊道。

"是的,你在发烧,而且……"

"发烧?"他又打断了我。他的面孔因为愤怒而扭曲。他捂着嘴,继续一边呜咽,一边摇头。"我以前没发过烧!"

我不由得瑟缩了一下。也许是因为他呼喊的声音太大，也许是因为他的情绪突然变得过于激动，让我感到有些害怕。

　　"就像我说的，你在发烧，你的心跳非常快。从这两件事我们就知道，你的感染很严重。你感觉痛吗？"

　　"痛？非常痛——如果痛分10级，我就是100级！"

　　"好的，我们要给你验血，拍X光片，并给你静脉注射抗生素。我还会给你退烧药和止痛药，同时我们要彻底检查你的病情。你的感染看上去非常严重，我需要和外科医生谈谈，你可能需要手术。无论怎样，你必须住院，因为你需要在随后几天里都接受静脉注射抗生素。"

　　"哦，不！"他尖叫道。谁也不会想到他将近两百斤的身躯竟然能发出这样尖厉的声音："我会死吗？这会让我死掉吗？"

　　我的语速很慢，声音很轻柔，带着深思熟虑的语调，努力想要稳住他狂躁的情绪："现在说这个还为时尚早。你的感染非常严重，的确有人因为这样的感染死去，不过绝大多数人只要好好接受我们的治疗，都能康复。这就是我们今天要做的。"

　　"冷静一点，伙计！"他的兄弟打断了他。他的声音听起来很像是喝醉了。

　　兄弟的话似乎反而增加了他的怒火，他开始不可遏制地大哭起来。"哦，上帝啊。"他将脸埋在手掌里，呜咽着说道。

　　卡丽萨和我对视了一眼，斯帕诺先生的反应实在是太突兀了。就算是被汽车撞到或刚刚被诊断出癌症的病人也要比这个年轻人表现得更镇定。当然，他生病了，但只要接受几天的抗生素注射，他就有很大概率迅速好转，然后只要再继续口服抗生素就可以了。

卡丽萨给他抽了血，我也给他做了初步的身体检查。他自始至终都保持着清醒和警觉，没有任何昏睡的迹象。他的心跳很快，但还算规律，也没有杂音。看来他的心脏还没有因为吸毒而受损。他也没有皮疹，且皮肤血液循环良好。他的右腿上半截一直到胫骨都是好的，膝盖和脚踝之间有肿胀，但还算柔软。肿胀很明显、呈红色、触感温暖，压痛感觉比检查显示更强烈。我按压他的小腿组织时没摸到表明有坏死性筋膜炎的症状，也就是出现媒体上所说的"食肉细菌"。不过他的小腿内侧有一美元银币大小的坏死脓肿。我感觉不到其他地方有脓液聚积，但考虑到他的疼痛程度、肿胀和心动过速情况，我不能确定他的腿部更深处是否有脓肿或气体形成。

我向病人和他的兄弟解释——我要离开一下，将他的情况录档，叫外科医生来。我告诉他们，现在时间紧迫，我们需要尽快开始治疗。但首先，我还是直视着病人的眼睛问道：

"在我离开以前，你有什么问题吗？"

斯帕诺先生摇摇头，片刻之后，他才呜咽着低声说道："没有，没有别的问题了。谢谢你的帮助。"于是我转身向门外走去，即将走到门口的时候，他的兄弟拦住我问："怎么会发生这样的事？"

"你的兄弟把毒品注射进他的腿，所以才会引发感染。"

听到我的回答，他一脸轻蔑，就像我从熟睡中被电话推销员的电话吵醒时一样。"我们不能把他转到更好的地方去吗？我相信一定有更好的医院和更好的医生能处理这件事。"他的兄弟又问我。

我停下脚步，一时没有回话，只是眯起眼睛，感觉喉咙在收紧，胸口上方仿佛被什么沉重的东西压住了。我知道，我不能把心中的想法说出口，而且这样说也没有任何意义。我只是回答道："这里的治疗非常标准化，无论他是在这里还是世界上任何地方接受的治疗都是一样的。无论是在廷巴克图、耶鲁的纽黑文医院，还是在野战医院，都是一样。处置手段不会有什么变化。"

"好吧，那就赶快去做吧。"他的口气像是在批准我的申请一样。

我的职业道德使我要帮助这个人，将他治好，无论发生什么事。我不喜欢他，也不喜欢他的兄弟。这个病人的歇斯底里和他兄弟傲慢的态度让我感到精疲力竭。我不喜欢他们的粗鲁和装腔作势。我不喜欢他们那种推卸责任的态度。但我在这里就是要帮助他们的。

我在电脑上迅速输入了指令——监测仪器、输液、用药、心电图、化验、X光、超声波——然后我向普通外科发去信息。那边立刻给了回应，告诉我肢体感染问题在骨科服务范围内。我向骨外科发去信息，然后等待、等待。最后，我打电话给医院的接线员，让她通知超声技术人员随时待命。但接线员只是告诉我，现在是周末，医院没有待命的超声技术人员。所以我们无法用超声波来评估脓肿的情况。我很清楚，骨外科的医生需要知道脓肿的大小和深度，并在病人的身体组织中寻找更深处的气体聚积，以确定治疗方案。

就在我处理斯帕诺的情况时，急诊室的病人数量一直在增加。骨科那边还是没有回应，于是我再次拿起电话，亲自打给值班的骨外科医生。

我们的外科主治医生也是附近教学医院的教员，这是好事，也是坏事。好的地方在于这意味着主治医生很快就能派他的实习医师来照顾病人。坏处是他们十次里有九次在回电话的时候非常生气，感觉自己受到了冒犯，因为和社区医院不同，有学术教职的医生通常没有兴趣和病人建立关系。在这一点上，私人执业的医生就很愿意帮忙照顾病人。不过一直让我感到奇怪的是，不管有没有额外的收入刺激，一个在他选定的领域已经被安排好工作日程表的人，为什么在被要求做他的分内工作时还会生气？

我一边等待，一边将病人的情况记录在案，这时珍护士出现在我身边，问我是否可以去和克莱门茨先生谈一谈。

是的，我原本就是想要回来时看看克莱门茨先生的！"当然，珍。他就在我单子上的第二位。我刚刚和骨外科医生通电话来着，现在就过去。"

"谢谢，他要止痛药，但他看起来没有事。我觉得他只是想和医生谈一谈。"

"我马上就到。抱歉耽误了。"

幸运的是，骨外科的实习医师回了电话，说他要等到查完房，再看完另一家医院的病人之后才能来急诊室。同时他提出要求，既然没办法做超声波，那就必须给斯帕诺先生的腿做 CT。

我终于走向 18 号病室，去见克莱门茨先生。病历上写着他今年 68 岁，但看上去他要年轻得多。我敲了敲敞开的屋门，微笑着说："克莱门茨先生……"

"请叫我约书亚。"他纠正道。

"约书亚。"我点点头，继续向他微笑，"很抱歉耽搁你这么久。我知道你在等待楼上的病床，好查清楚淋巴结肿大的情况。我还知道你有疼痛问题。你现在还感到痛吗?"

"是的，医生。疼痛又回来了。情况还不算糟糕。比我昨晚进来的时候要好，但我的确感到有点痛了。"他一边说，一边揉着腹部，向我指明疼痛的位置。

"你还想要止痛药吗?"我问道。

"我从来都不喜欢吃太多药。我不是那种人。不过今天我想要一些。"

"当然。我们谈谈你的 CT 结果吧。昨晚的夜班医生告诉我，你有癌症史，是多年以前的事情了？"我问道。

"是的，差不多20年前，我得了前列腺癌，肝脏上还长了两个大肿瘤。那时我告诉他们，可以做手术把肿瘤切除。他们还想让我做化疗和放疗。医生一直在催我做那些治疗，但我没有做。医生，我不能做。很多人都说我疯了，但对我而言，那些理论上的治疗方法就像是毒药。我采用了草药疗法和健康饮食。我已经活了很久，感觉也很好。这就是我的方式，哈珀医生。我更愿意保持自然的生活状态。我知道无论我做出什么决定都是在赌博。但我的人生一直都过得很健康，并用这种方式维护了我的身体。我很幸运，从那以后我的身体一直都很好——嗯，直到现在。我只是昨晚觉得肚子有些痛。所以我来接受检查。"

但 CT 显示他的癌症恶化了。

有一句可怕的医学格言：好人会得最严重的病。"好人长命"这种规律并不存在，它只是会为我们提供一个情感茧室，让我们躲在其中自我安慰。作为一名急诊科医生，我从来都不喜欢在认识病人只有几分钟，只拿到一份 CT 报告，还没有得到病理切片等明确结果时就把"癌症"这个词加入到和病人的讨论之中。但我知道，这真的是癌症。我也知道他想得到真相，这个人更喜欢听到实话，因为这样才是在尊重他选择的权利。

"我明白，我明白。那么，昨晚医生是否告诉你，只要我们看到这样的淋巴结肿大，就会担心这是癌症引起的？"

"没有，她确实没有这样对我说。她一直在绕着圈子谈论肿胀和淋巴结，但她没有提起'癌症'这个词。说实话，其实她也用不着这样。我知道这样的 CT 结果意味着什么。所以，现在情况如何？随后要怎样做？我要在这个房间待上一整天吗？"

"你知道，克莱门茨先生……约书亚……你问这个问题是应该的。现在医院里没有床位，看样子很长时间内都不会有空床。也许要等到今天很晚，甚至是明天。"

"哦，哈珀医生，我不能留在这里。我是一名素食主义者，不能吃医院的食物。我从昨天下午开始就没有吃过东西了。"

他是对的，不应该让他把生命浪费在这个地方，在这个没有自然光和植物的房间里，躺在漂白的床单上，不得不吃着用加工肉食和鸡蛋做的早餐。

"很抱歉耽误了你的时间和用餐。"说到这里，我又停顿了一下，"约书亚，我必须对你说实话。鉴于你的情况，你并非真的需要住院。这样的癌症检查通常是在门诊完成的。我认为你在那里会更舒服。当然，我们也可以继续让你住院治疗。我会把这个选择权交给你。我只想说，现在天气这么好，无论是在家里还是在外面都会很舒服，为什么要一直被关在这里呢？如果你愿意，我可以给你开止痛药处方，让你在家服药。

我现在还可以打电话给肿瘤科医生，为你做好预约。那样你就可以在肿瘤科完成诊断。该怎样做，决定权在你。"

他是一个重视自由、受不了约束的人，所以这个主意很适合他。"好的，好的。这听起来要好多了。如果不是有必要，我真的不想被送到这里。"

"我现在就打电话给肿瘤科医生，看看他们怎么说。他们有可能想在你离开以前多获得一些信息。这样可以吗？"

他将双手握在胸前，微微低下头看着我。"是的！你会回来通知我吧？"

"我会的，我保证。"我微笑着说。

肿瘤科医生回了电话，要求我再做一些血液测试（包括前列腺特异性抗原水平）作为癌症检查的一部分，还要再做一个胸部 CT 以确认癌症分期。她还说她的科室会接收克莱门茨先生的信息，并在这周内安排代看诊。

克莱门茨先生听到这种简捷的安排，显然是松了一口气，同意留下来完成这些检查。然后他给家人打了电话，告知他们最新的情况，并请他们送食物过来，因为他还要在这里多待上几小时。完成这些额外的协调工作以后，骨外科医生过来告诉我，他已经看过了斯帕诺先生，并在床边排干了他的脓液。他建议斯帕诺先生去内科接受抗生素输液，就像我曾经对斯帕诺先生说的那样。但他提醒我，斯帕诺先生一直拒绝住院。

"什么？"我困惑地说道，"你一定在开玩笑。他刚刚还乞求我们救他一命。"

"不是开玩笑。"骨外科医生说完这句话话就离开了急诊室。

我查看了斯帕诺先生的结果。他的生命体征正常，化验结果也让人放心。他的 CT 显示有表面脓肿和软组织肿胀，但没有气体形成，这是个好消息。

我急忙向斯帕诺先生的病室跑去，他正坐在椅子上穿鞋。现在房间里除他之外只有卡丽萨，正努力向他解释住院的必要性。

"斯帕诺先生，出什么事了？"我装作完全不知道他正急着离开的样子。

"我要离开这里。"他没好气地说道，"我还有好多事要做。我不能只是躺在这里。我现在好多了。我要走了。"

"斯帕诺先生，你的情况好转是因为我们给你用了大量的强力药剂。你还需要进一步用药，才能确保你的病情持续好转。"

"那么，我可以自己输液。只要把药给我，我会打针，或者让家人给我打。我家有人是护士和医生。"

"斯帕诺先生，你不能把药水拿走。这在任何一家医院都是违反章程的行为。"

"那就给我口服药好了。"他将静脉输液的针头从胳膊上拔下来，扔在地上，鲜血从他的胳膊上滴到地板上。他从身边的小车上扯下一块纱布，在针眼上按了一下，就扔到了针头旁边。

"如果你一定要离开，我肯定会给你开一些口服抗生素，但是斯帕诺先生，难道你忘了自己两小时之前刚来到这里？不记得你还坐在那张病床上，哭着求我们救你的命？忘了我跟你说过，感染可能会要了你的命吗？"

他正在系鞋带的两只手停住了。片刻间，他抬起头看向我，似乎是很不情愿地理解了我的意思。然后他点了点头。

"实际上，现在情况没有改变。你仍然需要我说的那些治疗。如果你现在就离开，而不是接受充分的治疗，你的病情就有可能加重，甚至会导致死亡。"

"听着，我还有其他事情要做。"他又弯下腰把鞋带系好，然后起身走到桌边，拿起他的夹克和手机，"我不能只是整日整夜地坐在医院里。我必须完成一份工作面试的文书工作。下周我还要参加一场关于我儿子监护权的听证会。"

"如果一切顺利，你再过两天就能出院。"我对他说，"这不会影响到你下周去法院。至于文书工作，难道你不能在这里完成吗？"

"听着，我有很多事要做，所以我必须离开。"他说。

他离开以后，我和卡丽萨看着地上的垃圾和血迹。

"真是浪费，"卡丽萨一边说，一边把垃圾归整到一堆，"从一开始我就知道他会这样。根本就是在浪费时间。"

斯帕诺先生离开的时候没有拿抗生素处方，没有给他的腿换敷料，没有出院通知，也没有后续预约。

我回到医生办公室，为斯帕诺先生做好记录，也记下了他未遵医嘱就离开医院。然后我将他的病历记录转给了他的家庭医生和骨外科，希望他们能够试着联系他，确保他的康复。

又过了 90 分钟，非常有耐心的约书亚·克莱门茨也要回家了。放射科又打来电话，告知他的胸部 CT 结果和他的腹部 CT 很像。"肿大淋巴结数量过多，无法统计。"前列腺特异性抗原的正常水平是 4 左右，而他的水平超过了 200。我打电话给泌尿科，他们为他做了快速预约，确定在 4 天后讨论他的广泛转移性前列腺癌。

我又打电话给肿瘤科。他们对我的工作表示感谢，并确认今天晚些时候会有人联系克莱门茨先生，和他预约看诊时间。然后我回到克莱门茨先生的病室，发现他身边多了一对 40 多岁的夫妇。那位男士的脸几乎和他一样。房间里正洋溢着笑声。

"二位好，我是哈珀医生。我给你们带来了最新的结果，然后你们就可以自由支配自己的时间了。"

"哈珀医生，这是我的儿子里德、儿媳特蕾西。"克莱门茨先生为我们做了介绍。

"你们好，那么，克莱门茨先生……约书亚，我有两个结果要告诉你。你的前列腺特异性抗原水平非常高。不知你是否还记得，医生上一次和你讨论前列腺癌时提起过这个数值。"

"是的，是的，我记得。"

"还有，你的胸部 CT 显示了和你的腹部一样的情况：大量淋巴结广泛分布。这两个结果可能都来自我们之前讨论过的前列腺癌。"

"我明白，哈珀医生，我明白。哦，"他对他的孩子们说道，"哦，我感觉很好！"他将双手按在胸前，深沉饱满地呼吸着。他的两只手随着他每一次吸气向外扩张，又随着每一次呼气向内压缩。"它们在我的胸膛里到处都是，但我呼吸很顺畅。"他看着孩子们，继续呼吸了几下，又将双手放在膝头说道，"你知道，医生，我并不害怕。的确是一点都不害怕。我已经度过了一段很好的人生。"然后他笑了——那是愉快、欣慰、满足的笑。

他的儿子看着他，又看向我。"说实话，他是对的。这位老人家真的是奔波很久了。"他笑着说，"现在必须由我来为他奔波，就好像我才是父亲！"

"那就一切顺其自然吧。"我和他们一起笑了起来。

约书亚又说道："我的食物很干净，我的生活也很清洁，过了这么久，我可以说，我已经真正能够平静地对待一切了。我在 20 年前得了癌症。他们说如果我不让他们照射我的身体，让我的体内充满化学毒素，我就会死。那时我不想，现在我也不想。"他将一只手放在胸前，一只手放在腹部，"所以这很奇怪，我现在呼吸很好、感觉很好、看上去也很好，如果一定要让我描述自己的话……"他又爽朗地笑了起来，"我的确觉得自己很不错。"他低头看向自己用手按住的身体。

他2秒钟吸一口气，4秒钟呼一口气，低头看着床边自己的双脚。然后又将注意力转向我，微笑着重复道："你知道，我并不害怕。我会按照预约来看医生，哈珀医生，这样我就能知道我的具体情况。我不会做化疗和放疗，但我会接受对我的诊断，然后顺其自然，尽可能久地感受这份美好。"

他的儿子和儿媳也在看着我，眼神中充满了勇敢的爱意。在那一刻，我完全相信这是整座医院，也许是整个费城最平静的房间。我想要在这里站得更久一点，只是为了能够再陪他一会儿。我想要呼出自己对于未知生活的一切焦虑，吸进约书亚对这个世界坚定的信念。虽然他的身体生出了恶性肿瘤，但他对这副身体仍然充满关爱，对自己所拥有的一切感到舒适。

"约书亚，肿瘤团队会在今天晚些时候给你打电话，为你做预约。我也和泌尿团队沟通过了。他们想要你在星期五上午9点来看诊。这样可以吗？"

他点点头。

我继续说道："当然，我会给你开止痛药和缓解恶心感觉的药，如果你需要的话。你们还有别的问题吗？"

他的孩子们都在摇头。约书亚起身离开病床，伸开双臂想要和我拥抱。

我感到背后一紧——这是一种本能的反应。我们急诊科医生不会过于接近病人。因为我们身上很可能会带有床虱和污血；或者也许是因为医生和病人之间应该保持一种庄重的界限；或者甚至只是因为我害怕和陌生人走得太近。在他张开手臂和我的腰部肌肉收紧的那一刹那，我想到了那个不成文的规定：医生至少要和病人间隔一只戴着手套的手。而在他温暖的怀抱里，在他亲吻我面颊的那一秒钟，我认为有时候这些界限只是将我们囚禁在一个笼子里，并不能挡开我们不应该接触的人。

"我想感谢你让我自始至终都觉得自己在被当作一个人来对待。"

约书亚和他的家人收拾物品准备离开，我回到了医生办公室，为约书亚写了出院通知书，又查看了一下信息板。我需要跟进上午来的新病人和前一晚留下来的病人情况的变化。很幸运，有两位病人神奇地得到了床位。我的同事也终于到了，诊治了五位病人——我相信他这么勤劳肯定是因为感到内疚了。我为自己登记了剩余患者中的一位——70 岁男性，感到胸痛，生命体征正常，目前无疼痛，心电图正常。我将标准命令一次性全部输入电脑，这样可以节省时间，为我争取到 40 分钟，让我能赶上之前的工作。

现在还应该赶快去喝一杯咖啡。我需要一些咖啡因来支持我继续工作下去。同时我也需要一点阳光和新鲜空气。

那天晚上，我回到家里，给自己倒了一杯"罗纳河谷"葡萄酒，开始吃晚餐。真庆幸在两天前给自己买了一束花。在这个时候，世界上再没有比向日葵、牡丹和玫瑰更好的晚餐背景了。

我思索着分别与斯帕诺先生和克莱门茨先生的相处。斯帕诺先生到现在还让我感到惊讶。他一听说自己不会在这个下午死掉，就立刻不想在医院里继续待下去，甚至不惜拖着一条仍然红肿的跛腿也要离开。虽然他还不到 30 岁，但那条腿依旧有可能在几天以后要了他的命。我想知道没有了毒品带来的虚幻，等他能清楚地看到现实时，又会有怎样的想法。有什么东西会重要到让他不再畏惧死亡呢？如果他被这种执念所吞噬，那么他在内心中与自己缔结的契约，又会如何解读这样的结果？

我根本就不健康，不可能被治愈。我不够强大，没有力量接受治疗。我充满恐惧，所以必须逃走。我不值得人们为我奋斗，对我进行救治。我不能承受面对自己人生的痛苦。我害怕自己不能清醒地待在这里。我不能得到帮助。我不够爱自己，没办法照顾自己，也没办法允许别人照顾我。我不值得被好好对待，所以我回到了我应得的生活里。

给我带来强烈震撼的是斯帕诺先生完全遵守了他内心中与

自己的契约。（就像所有人一样，他有权为自己做出决定。）当我们选择了一个让我们觉得自己毫无价值的伴侣，选择了一份给我们的回报远比我们应得的少很多的工作，我们就会这样。在这一点上，我们都是一样的。这是我们所有人给自己的契约的一部分，尽管这不是我们亲手写下的，但肯定是我们共同签署的。

我也在想，我与自己又立了一份什么样的契约？为什么那个自我厌弃的人会让我感到如此震惊？有什么值得我为他感到震惊？哪怕是一分钟？我想到我需要对自己有多么充分的爱，才有能力允许其他人完成他们与自己立下的契约——无论那是斯帕诺先生、我的前夫、父亲、母亲、科林、那些医院的管理者，还是其他人。

斯帕诺先生的契约要求他对我给予的所有帮助都不屑一顾。他的契约和我的契约无关，除非我允许自己和它们发生关系——比方说，需要得到斯帕诺先生的认可，这样我才能感觉良好。如果通过这次遭遇让我对这条契约重新审视，对斯帕诺先生来说也算功德一件呢！

我的额头在一跳一跳地隐隐作痛。每一次跳动都在告诉我，今天绝不是美好的一天。

不管怎样，许多事情不会以我们认为"理所应当的"方式发生。离开科林就像是做了一场截肢手术，截断了我们已经习惯的爱情，还有对我们的孩子的爱——他说我们一定会有个孩子。科林甚至给他起了名字。当我告诉他，我命中注定会有一个女儿，他笑着说："不，亲爱的，我只会生男孩。"所以我在那一天失去了两个男孩——科林和他想象中那个我们会拥有的男孩。这样的失去对我来说也算家常便饭了，但这一次的痛苦要更加强烈得多。不管怎样，我能挺过去。在随后的几个星期里，我会把心思全部放回到事业上。在我刚刚重建生活之后，又要重新为所有这些事寻找平衡。这种感觉很奇怪。我的根基还没有打牢，所以我觉得自己不够坚强，无法经受住这场风暴。

我刚刚听了一场阿斯特洛·泰勒的访谈，他是谷歌 X 实验室的主管。他说失败不是因为犯了错误，不是启动了一个又一个失败的项目，而是"你明知道自己采取的行动不奏效，但还是在继续它"。所以实际上，在自我修正的过程中，我并没有不断重复失败。

凝望着自己的花园，我露出了笑容。一个新的事实渐渐浮现在我的意识中：我必须摧毁它。为了对付花园中滋生的蚜虫，我在其中放入了瓢虫，但事实证明这只是一个暂时的办法。不出所料，它们吃饱之后就展翅飞走，去探索这个城市其他的区域了。稀释的辣椒喷雾也失败了。我看到的是一座害虫泛滥的花园。

我向自己保证，我会把问题处理好，甚至会考虑一两个星期以后再培育一座有机花园。

我想到了从约书亚身上散发出的力量和爱——他是那样让人感到安宁。没有恐惧，与幸福紧密相连一定就是他生活的样子。他一直在以他想要的方式生活，遵守着他自己的原则。他不到 50 岁的时候就遭遇了癌症，他拒绝了化疗和放疗。从 20 年前来看，这个决定非常激进。那时的西方医疗体系甚至比今天更专断，辅助医学的平台比现在更小。即使是现在，尽管我个人接受健康饮食、身体锻炼、针灸、芳香疗法、正念和冥想的治疗效果，相信认真正直的生活要比大部分装在药盒里的东西给人带来更多好处，但我不知道如果自己处在他的情况中会做出怎样的决定。绝大多数人在进行那场最艰难的生命之战时，不得不依靠大型制药公司开发出的最强效的药物。我能够想象，拒绝化疗和放疗听起来就像是接受了死刑判决，尤其是有那么多论文、医生和医院都在极力鼓吹它们的功效。这些声音很难被忽略。我也知道，一个人对自己医疗方案的决定是非常艰难，也是非常个人化的。

　　在约书亚的拥抱中，我感觉到了一段美好的人生。当然，我不知道他的生活细节，但我现在还能感觉到他的身体是那样强壮和充满爱意。我感觉到有个声音在告诉我：无论如何，我会以我的原则度过这一生。我会决定自己是谁，怎样做对这个身体才是正确的。于是我得到了今天的第二件礼物：约书亚让我知道，我也可以选择这样的生活方式。趁着我还没有遭受肿瘤的困扰，趁着我的肺还在工作，心脏也在跳动，我可以选择这样的生活方式：从经验中学习，保持着敞开的心和意识，并将这份礼物分享给其他人。我们之中有一些人正过着这样的生活：当我们选择了真正懂得自由的伴侣，当我们选择了可以作为使命的工作，当我们把生活看作一场冒险时，所有这些契约都会给我们相同的礼物。

约书亚送给我的礼物是"选择人生滋养的力量"。就算是这种选择会挑战时代主流，权利仍然在我的手里。在他的拥抱中，我找到了新的萌芽：选择成长。

第 九 章

在原谅中得到治愈

为了在换班前的最后几小时内保持清醒，我做了最后的努力，用力呼吸夏日的潮湿空气。我离开急诊室，下楼来到停车场，享受了几分钟黄昏的宁静。看着第一抹橘色的云彩在雾蓝色的天空中翻滚，我打了个哈欠，将双臂高举过头顶。今天这里看不见有人开车经过十字路口时昏昏欲睡。也没有成群的女人把香烟灰弹到抱着熟睡婴儿散步的人身上——孩子的手里还拿着装薯片的袋子。只有为数不多的几辆车从我面前驶过：运送像我这样的轮班人员的巴士，还有来往于高速路上的卡车。现在还没有行人。想必昨晚那些花天酒地的人还没有离开他们逍遥的地方回家去，坚持晨练的人也还没有出来。

又享受了片刻宁静之后，我走了很长一段路回到急诊室，走过救护车道，进了前门。我已经告诉过护士自己会出去转转，不过哪怕离急诊室只有三米远，在外面只是耽搁几分钟，我也会有一种负罪感。进入退伍军人医院的自动前门，除了我喜欢的警官以外，我没看到任何人。查尔斯正在巡逻。在这一年里，查尔斯总是会不做通知、毫无预兆地把一盘盘加了蔓越莓酱的火鸡三明治送到急诊室。我喜欢他的原因是当他看到我的时候，总是会向我微笑，就像重逢了一位久违的朋友。这时他向我挥了挥手，我也用笑容作为回应，让他知道我也记得我们的默契。

急诊室里还是静悄悄的，我不由得感到庆幸。现在快到 5 点半了。我坐下来，享受这份安静，清理了一下我的两个旧电子邮箱账号。它们都已经是过去岁月留下的痕迹了。我一直留着它们，用它们存放邮件和账单，自动提醒我还学生贷款，还接收一些我偶尔想要看看的通知。我会每 20 天删除一次邮件。每隔一段时间，我都会无意中发现一些有趣的东西：玛莎·斯图尔特关于制作完美夏日三明治的小窍门；奥普拉网站的一封邮件，内容是在结婚前要问自己的 20 个问题；最新版的《香巴拉太阳》，这是一份以探讨佛教为主题的双月刊杂志。

我点击了杂志邮件的一个链接：《并非大事：关于慈悲和原谅》，作者是海蒂·伯恩。这篇文章讲述的是一个女人为爱与慈悲所做的修行，一场她对慈悲的探索和她对虐待自己的父亲的宽恕之旅。通过练习，她触及了埋藏在自己内心深处的痛苦。她直面罪恶感，释放了眼泪之后，选择果断地放手了。在这篇文章的结尾，与父亲疏远了 10 多年的她给父亲打了一个电话。这让她意识到："那种体验就像是和一个来自遥远过去的人聊天。他仍然是他；我仍然是我。就是这样。不是什么大事。但，这仍然是一切。"

这又是一个生命共时性的证明。就在那个星期，我在退伍军人医院收到了父亲的一封信。不出所料，这封信和其他寄给急诊科的信件放在一起，在信箱里躺了超过 6 个月，最终才被送到我的医务主任的办公室。当时领导给了我一摞东西，其中有几封感谢信、病人寄来的圣诞卡、一本退伍军人杂志、一封招聘信和这一封信：我的地址被手写在上面。即使已经 10 年没有通信，即使模糊得令人难以置信，我还是立刻就认出了那个笔迹。我努力抑制住自己的震惊，把信带回了急诊科。

然后，在那一班剩余的时间里，我都在思考该如何处理这封信。我没法在工作的时候看它，因为这样有可能让我的精神无法集中。在我看来，几年前我就原谅了我的父亲，可以不再让他扰乱我的人生了。这种宽恕发生在我不注意的时候，在某一天、某个时间，它不知不觉就滑过去了。他不在的时候，原谅他感觉很容易——就像在瑜伽垫上比在交通堵塞时更容易表现出平和的心态一样。他走了，我自由了。我已经问心无愧地处理了这件事。我做得没有错——我原谅了他。我很满意自己没有被困于过去，而是在向前走。

现在他又回到了我的生活中。无论他在信里写了些什么，这对我和我轻易的原谅又会意味着什么呢？我想出了许多他会寄出这封信的可能性。他可能已经完全变了，现在正想要联系自己原先对不起的人，想要告诉我们他彻底想明白了。我立刻就判断绝对不可能是这样。如果真的是这样，他一定不会只是这么消极地通过医院给我寄一封信。

也许他病得很重。随着最后一丝精力的消退，他终于完全清醒过来，正在伸出手，表达他最终的悔恨。

不。更有可能——实际上，是的，肯定是这样——这封信是一只试验气球，充了一半的气就被放到空中。他只是用了一点点力气，想看看我是否愿意接受他的要求，让他对自己人生的感觉能够好一些。（他一贯这么做事。我从没有在他身上观察到任何迹象，能够表明他会改变自己的存在方式。）但我现在没有精力去关心别人的情感、心理和精神——尤其是我已经知道，想要改变一个人根本就是不可能的。

我将那封信塞进我的提包最深处，又回到了我的工作中。

直到现在，那封信还在我的提包底部，没有被打开过。比尔护士敲了敲医生办公室的门。"我刚刚收治了一个手被割伤的人——威廉姆斯先生。他有一点古怪。希望你能快一点把他打发走。"

"他是怎么弄伤的？"我问。

"他说他不知道。他挺奇怪的。当时他在室外，然后发生了一些事。他说他在来医院之前清理了伤口。看上去不算严重。我给他冲洗了伤口，把外伤小车推到床边了。要给他拍X光吗？"

"如果不知道受伤原因，我们最好拍一个，检查一下伤口里是否有异物，骨头是否完好。他回来以后请叫我一声。"

"好的，我现在就带他去放射科。等他回来以后，罗琳会接手。"

"得嘞，谢谢。"

又在《香巴拉太阳》杂志上读了两篇文章之后，我被通知威廉姆斯先生从放射科回来了。我去了他的病室，看见一个年轻人正在房间里踱步。他不停地自言自语，有时候还会闷声喊叫，同时还不断揉搓双手，或者用拳头拍打额头。我向病室中扫了一眼——没有人陪着他。罗琳护士正在护士站写记录。她一看见我就说："这个人真是太活泼了，医生。赶快让他走吧，求你。他的伤口很快就能处理好。"

我把 X 光片挂在灯屏上，很开心地看到伤口没有什么异常：骨头都是完整的，排列很整齐，没有任何异物，只是在手掌区域有很小的软组织肿胀，那里大概就是伤口所在。带着快速缝合之后就能让他出院的希望，我走进了那间病室。

我敲了敲病室门。"你好，威廉姆斯先生。"

他抬起头看向我，突然说道："嗨，嗨，你好，女士。医生。我是说，你好，大夫，女士。"然后他目光一转，又开始踱步。

我依然只是站在门口说道："威廉姆斯先生，为什么你不坐到病床上？我们可以谈一谈。"他的脸刮得很干净，皮肤呈橄榄色，有一双浅褐色的大眼睛，在他一半塞进裤子里的牛津衬衫上，几乎无从察觉深蓝色布料中的一点血迹。

他低下头。"好的，女士。"然后一屁股坐到床上，跷起二郎腿，又把腿放下。我来到病床右侧，让屋门和门帘都敞开着。在和病人交流时，我倾向于尽可能保护病人的隐私。但在这种情况下，我感觉在大家的视线中与威廉姆斯先生交流才是安全的。医生会在实践中培养出这样的直觉。有时候我们也会发生误判，不过大部分时间里还是正确的。

威廉姆斯先生的喋喋不休停止了。但他还是在不断把腿跷起来又放下。而且每隔一段时间，他都会突然跳起来，仿佛被吓到了一样，一双眼睛来回乱瞟，同时还发出"嘘嘘"的尖细声音。

我打断了他的自言自语。"威廉姆斯先生，我是哈珀医生。我刚刚进来的时候应该还没有和你讨论过病情。我听说你的手被割伤了。我可以告诉你，我看过了你的 X 光片。情况看起来很正常，这是个好消息。你是怎么割伤的？"

他停顿了片刻。"我是刚割伤没多久。我的朋友为我清理了伤口，她把我送到了这里。"他说完就把右手举到了我面前。

"这是怎么发生的？"

"我不知道。我不知道。我那时正和我的朋友在外面。然后就出事了。事情发生得很快。我不知道。但她给我清理了伤口。"他开始揉搓手背，前后摇摆，"她清理了伤口。她清理了伤口。她清理了伤口，还做了包扎。"他又跳起来，高喊一声，"哦！"然后捂住嘴。

"你确定不记得这件事是怎么发生的？我会这样问只是因为受伤的人大多会记得一点当时的情况。"

他看向我，什么话都没有说。他的眼睛一片茫然，充满了飘忽不定的恐惧。

"嗯，那么，你是否记得你的伤口是刀子或枪造成的？"因为这种伤害有可能需要报告给警方，所以受伤原因不明的时候，我都会问这个问题。

"不，不。事情发生得很快。我不知道。我不知道。我们在外面。不，我的朋友——她告诉我的。她把我送到了这里。她清理了伤口。"他突然又高喊道："哦！"然后将他的头扭到一边，两条腿也开始颤抖。他的左手绕过头，沿着脖子摸下去，然后又攥成拳头按在胸前，最后他再次用左手捂住嘴，看上去很是惊恐。"不，不，没事的。没事的。没事的。"他低下头，喃喃地说道。

"嗯，好吧，你能感觉到你的手指吗？能活动它们吗？"

"是的。"他做出回应，把手举到面前，缓慢而大幅度地以波动方式连续活动了每一根手指，然后手掌向上，砰的一声把手砸在桌子上，把我们两个都吓了一跳。

"威廉姆斯先生，你还好吗？"

他的注意力一下子转回到我身上。"是的，我很好，我很好。我很好，我很好。"他一边说，一边把手指蜷成拳头，再舒展开，又伸手抚过不断翕动的嘴唇。

"威廉姆斯先生，出什么事了？"我温和地问。

"他们在跟踪我！"他高喊一声，又把嘴捂住，双眼四处乱看，最终盯住自己的胸口，毫无道理地哭了起来。

"谁在跟踪你？"

"他们。你可以问我妹妹。她打了电话。我可以给她打电话。但她总是找我的麻烦。不过，我可以给她打电话。我不知道……"

现在的情况变得更加复杂了。我现在的首要任务是尽快为他处理伤口，这样我们才能转移到更紧迫的问题上。

"好了，威廉姆斯先生，你手上的割伤有一点深。所以我建议对伤口进行缝合。"

"好的，医生。"

"你以前有过缝合伤口的经历吗？"

他摇摇头。

我一边把缝合器械放到床头柜上，一边向他解释手术的整个过程。他像一根棍子一样躺倒在病床上。没有人知道他是在听我说话还是在听他脑子里的声音。"现在，威廉姆斯先生，我们要开始了。我再说一次，麻醉药最开始有一点烧灼感，然后你的手就会感到麻木。你必须保持绝对静止，一动也不能动，这非常重要。你说什么都可以，但就是不能动，好吗？"

"好的。"

"准备好了吗？"

他握紧了拳头，把大拇指咬在嘴里，嘟囔道："是的。"然后就用力闭住了眼睛。

"你现在会感到一点刺痛。"他一动不动地躺着。我在他的手掌上连续刺入几针，注射了麻醉剂。"麻醉步骤完成了。"他叹息一声，低头瞥了一眼手上那道裂开成 V 形沟槽的伤口。那道伤口靠近他的拇指根部，现在正不断向外渗出血液和利多卡因的混合液体。我对那个部位进行了测试，以确认麻醉效果，问他是否感觉到痛，他表示没有感觉。我把注射器放到一旁。他又猛吸了一口气，把视线移开。我把缝合线穿在针上，抬起眼睛告诉他我要开始了。但还没等我有动作，他一下子从床上跳了起来，缝合器械都被撞到了托盘一边。利多卡因药瓶翻倒，磕在凸起的桌沿上。

他看向房间远处的角落大喊"停下"，就好像那里有个幽灵。

"威廉姆斯先生，你能听到我说的话吗？"我表现出的语气远比我的情绪镇定得多。我深吸一口气，让心跳慢下来，压抑着胸口冒出的火气，然后朝敞开的屋门外望了一眼，罗琳正越过她的电脑，瞪大了眼睛盯着我。

威廉姆斯先生回头看着我。他的身体紧绷着，手脚僵硬地撑在床上，仿佛被吸盘固定住了。但他的面色变得柔和下来，眼神中充满了恳求。"是的，是的，医生。"

"威廉姆斯先生，你还想要继续缝合吗？"

"是的，好的，是的，是的。"

"那你必须一动不动——绝对不要动。如果你有动作，我就没法把缝合线穿进去。"

有时候，我们会对病人采取毫不妥协的态度，告诉他们要么合作，要么离开。但有时候也需要对他们更温柔一些。这位病人的精神看上去非常脆弱，所以我必须像照顾孩子的阿姨一样，在整个过程中不断安慰和鼓励他。

在缝合到三分之一的时候，他突然收起了双腿，高声说："没事，没事。你没事。她没事。我们在这里很安全。没事的。"

我举着缝合器械，缝合线就悬在我们中间。我要等到他平静下来，然后给他完成这个世界上最快的缝合。我有些想停止缝合，甚至想要只给他做一个简单的连续缝合。（缝合过程中不必每缝一针就剪断一次缝合线并打结。只需要一针接一针地连续缝下去，然后在最后一针打好结，这样皮肤组织就会被一串连续的针脚束缚在一起。这样缝合的好处是速度很快，但问题是如果缝合线在任何地方断开，那么整个伤口就都会重新裂开。）但最后，我提醒自己这是手部伤口，应该以最有效的方式让这道伤口愈合，这样他的手才有最大的机会恢复功能。但给他缝合最关键的还是速度。

他将视线转向我手中的缝合针和镊子，接着是他的伤口上被抽紧的黑色尼龙线，然后是放在我右手边的剪刀和其他锋利的器械。他的眼睛在闪光。我将手中的器械放到托盘里。为了不伤到他，我已经放开了缝合线，让没有打结的缝合线就悬在针脚旁。我悄无声息地将盛放着锋利器械的托盘向自己拉近了一些，他呼出一口气，又安定下来，高声提醒自己没有事，我也没有事，他很安全。又过了不久，我完成了自己从医以来最快的一次缝合。

"好了！"我高声宣布，同时收拾起手术器械，揭去他手上的遮盖物，要他等在床上，告诉他护士很快就会来给他清洗伤口和包扎。

他躺在病床上，将两只手握在一起又分开，喊道："不！"然后开始拍打大腿和额头。我提醒他不要有任何过激动作，否则他已经受伤的手很可能会受到二次伤害。

看来对这个病人不能以治好就出院的简单方式让他离开。当然，我已经缝好了他的伤口，我可以给他开出院通知，让他离开。这样的状况时有发生：我们会忽略麻烦的问题，因为无法快速获得答案。作为一名医生，我不可能在一次急诊中就解决家暴、无家可归、毒品或者他和亲友的各种问题。我可以帮忙，但我不可能让问题消失。所以只是专注于我能解决的问题会感觉更容易一些，比如把伤口缝好。如果我向病人询问其他问题，就相当于打开了潘多拉的盒子。但愿病人不会说："是的，我的男朋友捅了我一刀，他还总是打我。"那样我就必须好言安慰她，还要给社工打电话。而我们都知道，如果社工要过来，病人就会在急诊室里多待上几小时。而最糟糕的还是病人拒绝我伸出的援手。他们的这种拒绝并不是在侮辱我，但在那一瞬间，我的确会有这种感觉。当然，如果病人拒绝帮助，那么这和我个人也没有任何关系，我大可以安心地回家去，用不着有这样的挫折感。也许最让我感到烦恼的是，我会清楚地意识到我比病人自己更关心他，而那个人却根本不会在意我的关心，只会让自己承受更多不必要的伤害。

就算是我完全不知道威廉姆斯先生身上发生了什么事，我也能看出这个人有严重的问题。他的受伤没有那么简单，而他的心智状况更令人担心。

"威廉姆斯先生，你看上去非常不安，非常焦虑。"

"是的，是的。"

"我觉得你应该和精神科医生谈一谈。他可以帮助你缓解焦虑。你觉得怎样？"

"是的，是的。他能帮我？"

"绝对可以。你一定也想吃些药，让自己镇静下来吧？"看到他顺从地点着头，我又说道，"那很好。为什么我们不换上住院服，再找人帮我们把一切事情都处理好呢？"

"好的，医生。"

他很脆弱，但也很听话。我安下心来，离开他的病室，向罗琳走过去。

罗琳抬起头看向我："一切顺利吗，医生？"

我把椅子拉到她面前，又回头看了一眼，确认威廉姆斯先生听不见我们说话。他又开始踱步，又开始和自己争论。很不幸的是，他还是一副完全迷失的样子。

我向罗琳探过身。"我不能让这个人出院。他的状况非常不稳定。我对他的了解还很少，所以不知道这种精神错乱是不是他的一般状态。很抱歉，但我必须让他留院观察。除非精神科医生说他没事，否则他肯定不能离开。我们还需要一些测试，看他有没有吃过什么药。让他换衣服，要像对待精神病患者那样对待他。他竟然同意了我的一切要求，这让我很吃惊。他真是很听话，很合作。"

我向精神病区走去，路过分诊区的时候，分诊护士史蒂夫叫住了我。"哈珀医生，你能过来一下吗？"

"好的。还有其他病人？"

"严格来说，应该不是。"他回答道。

我的手里端着咖啡，靠在他身边的桌子上，等待他告诉我详细情况，同时抱着忙里偷闲的心情，在周日清晨平静的气氛中安静地享用着我的咖啡。

"有警察想要和你谈谈。"

"警察？谈什么？"

"大概是一桩谋杀案。很明显，刚才那位病人……"

"你是说急诊室里唯一的那位病人？"

"是的，那位病人是今天早上老城区一起谋杀案的嫌疑人。"

"什么?!"我放下咖啡，坐到了史蒂夫旁边，"好的，等一下，发生了什么事？"

"我不太清楚细节，但警察说有一位老妇人在老城区教堂外面被刺了。他们得到一点线索，怀疑威廉姆斯先生与此案有关。所以他们跟着他一直到了这里。"

"警察来这里多久了？"

我抬起头，看见三个穿制服的中年人正围坐在一起，其中一个向前俯下身，手中拿着一个笔记本，正在和另外两个开着玩笑，另外两个人随意地斜靠在椅子里。

"我不知道，大概半小时吧。他们是一得到线索就过来了。"

我想到自己刚才一个人和威廉姆斯先生共处一室，回忆起我为他处理伤口时他一直在喃喃自语，还盯着那些锋利的手术器具。我清楚地记得就在那一刻，我的直觉告诉我——他和我都不安全，我可以而且必须让我们摆脱那种危险的环境。同样是在那一刻，我们都还不知道，警察就在外面等着我们两个。

"那么，你的意思是当时我们身边就有一个可能刚刚杀过人的人，而警察正有说有笑地等在候诊室里？我给他缝线的时候房间里可是只有我和他，那些警察就不想办法通知一下我们，甚至不过来看看我们是不是安全？"

史蒂夫皱起眉头。"是的，你问得有道理，医生。我猜情况就是这样。"

我拿起咖啡杯，朝候诊室走去。看到我走过来，三名警察全都站起身来。

　　"医生，是你在照顾保罗·威廉姆斯先生？"一名警察问道。我点点头。他们向我做了解释。我的病人显然亲眼见到了一位老妇人受到攻击，而警方正在想办法取得对他的逮捕令。

　　"我们可以把他带去警察局吗？"

　　"嗯，从生理角度讲，他已经没事了。我刚刚在给他缝合一道伤口，现在处理好了。但他是个'香蕉坚果'：看上去很软，但其实又很硬，像是有些麻烦。"

　　"医生，这是医学术语吗？"一名警察仰头笑了起来。

　　"是的，是我们的一个新术语。但我要认真告诉你们，我刚刚给他开了药，是帮助他平静下来的。以我的观点，他是一名真正的精神病人。我要让精神病医生看看他。"

　　"好了，医生。难道你不觉得他是在逢场作戏？突然患上精神病可是一种很方便的手段。"另一名警察冷笑着说。

　　我也微微一笑，因为我知道，当一个人即将被捕或者在美好的天气里不想去上班的时候，会带着什么样的急性病症跑到急诊室来。"是的，我必须告诉你们，我见到过许多装病的人，或者像你说的那样——'逢场作戏'。我也见到过许多真正有精神问题的人。现在这个人要么是真的病了，要么就是能得奥斯卡小金人的主儿。很抱歉，他不是演员。"

　　这些警察不安地耸了耸肩，看上去有些失望。我告诉他们，我还在等待实验室的化验结果。而且更关键的是，我们需要让精神病医生先来看看这个人再做决定。

"我们最好有人在这里看着。"一名警察说道，"我们已经和医院的警察谈过了，但他们没有足够的人手可以一直在这里盯着——而且至少还需要两个人。我们是否能够在这里待上一段时间？"

"当然，我也觉得这样更安全。现在他还没有什么事。他一直都很服从，而且现在应该已经吃过药了。实际上，他比许多我照顾过的正常病人都更加愿意合作，可以说比大部分病人都要好。"我微笑着说。

"好的，医生。我们明白了。"听到警察这样说的感觉真好。在南布朗克斯的日子里，我和急诊室中的警察就是这样合作的。

我透过分诊区的窗户向史蒂夫说："请带警官们到里面去。他们会在这里待一段时间。你们可以相互认识一下。好好招待他们。"

待命的精神科医生不在急诊科精神病区，那他肯定是在待命室睡觉。我请精神病区的护士呼叫他去主急诊科，然后就回到了急诊室。

我找到罗琳，询问她最新的情况。"我知道他现在很平静，但既然发生了这种事，"我一边说，一边回忆威廉姆斯先生在缝合伤口时的表现，"我觉得最好还是给他一些限制，直到他服下的药物起作用。这样我们好有时间确认他的精神是不是真的稳定，对他自己和其他人是否真的没有危险。"我向威廉姆斯先生的房间瞥了一眼。他仍然显得激动不安，但也很顺从。这时我看见凯里先生正坐在轮椅里，被推回到与威廉姆斯先生相邻的病室中。

凯里先生是急诊科的常客，曾经每周都会开车过来。每次他一到急诊室，都会迈着悠闲的步伐直接穿过候诊室和分诊区。只要他觉得自己被医院的人看见了，他的疼痛就会神秘地加剧，很快就让他连身子都站不直，路也走不了。他会全身剧烈颤抖，痛得连声哀号。就算是遭受枪击、患肾结石或正在生产的女性，都不会像他那样尖叫。一个人能发出那种嚎叫，明显是在坚持要求其他人满足他的要求。随后他就会不出所料地表现出抽搐的样子，偶尔会停下来说他在这一年多里接受过各种检查——验血、CT、核磁共振、超声波、尿检、内窥镜和结肠镜……他全都查过了，遗憾的是——他说到这里的时候会哼上一声——检查结果都是正常的。然后他会继续解释说，谢天谢地，只要注射几针吗啡，足以让他全身瘫痪的剧痛就能够瞬间痊愈。

他的轮椅经过时，我在走廊里站定了身子，确保他能看见我。他知道我是那种不会给他开麻醉药物的医生。其实只要坚持不接受他的要求，他很可能会自己走出医院。以前我就看见他这么做过。

"罗琳，也许我们可以绑住他的双脚，"我继续和护士说着威廉姆斯先生的事，"或者也许是绑住脚和一只手。这样他还可以进食和排便。无论你有什么想法，都请告诉我。"

"好的，医生。"

凯里先生的医疗记录上没有任何被诊断出的病情，只是写着非特异性腹痛和轻度胃反流。他的病室就像是一座喧闹的剧院；而威廉姆斯先生则是一位苦闷的精神疾病患者。护士罗琳和比尔正要给他绑束缚带和注射镇静剂。我看到罗琳在和他说话，应该是在解释要对他做什么。他缓缓伸出左腿，让罗琳把他固定在病床上，然后他又把右腿给了比尔，最后是他的左手。罗琳将一只尿壶放在他右手可及的地方。当比尔给威廉姆斯先生抽血和静脉注射镇静剂劳拉西泮的时候，他的手臂一动也不动。罗琳从一只杯子中倒出两颗药片，放到威廉姆斯先生的嘴边。威廉姆斯先生抬起头，张嘴把药吃了下去。

我站在凯里先生的病室门外。"凯里先生，又肚子痛啦？"

他不停地尖叫着，其中能听清楚的只有一个字"是"。

"那么，既然这样，我们就做和上次一样的检查好了。"我说完就向自己的桌子走去。

"等等，医生！我需要先用止痛药，然后你才能对我做别的事！"

"当然，我认为最安全的方法是给你服用强效抗酸药来治疗胃反流。这应该能缓解你的疼痛，同时我们就能给你验血以及拍 X 光片了。"

"不，我不想要那个！我需要止痛药。没有止痛药，我什么都不做！"他尖叫着，又开始踢蹬双腿。

我转过身不再看他。"你当然有权拒绝一切检查和治疗。如果你不想要这些，那你就要离开了。"

他继续在病床上挣扎着。"我不走！"他尖叫着，"我不做什么没用的检查，我也不走！"

我回到办公桌前，向办事员喊道："请叫医院警察来，帮助凯里先生出院。"

罗琳喊道："哈珀医生，精神科的电话。"

我拿起电话。

"我是夜班医生肯。出什么事了？"

"听着，我们这里有病人和杀人案有关。"我将威廉姆斯先生的事情告诉了他，现在警察在等着他做精神病评估。

"我马上就来。这在法律上有一点复杂。先让我看看病人，然后我要打几个电话。我会再联系你的。"肯说话总是非常正式。尽管语气刻板，但显然对于正确对待病人这件事，他十分认真。

随着医院警察的到来，凯里先生的叫喊也越来越激烈。我忽然觉得父亲的那封信仿佛要在我的包底烧出一个洞来。我知道，无论是凯里先生的叫嚷还是父亲的信，现在最好都不要去理会。我应该专注于精神病医生对威廉姆斯先生的检查。肯随时都有可能打电话过来。

罗琳再次向我喊道："医生，我又给你转过去一个电话，还是精神科的。"

"我去看过威廉姆斯先生了。"肯说，"我同意你的看法。他有精神疾病，需要住院治疗。他们可以逮捕他，把他送进精神病院。这种事总是会发生。很不幸，接收被逮捕的人违反我们医院的规定。"他重重地叹了口气，"所以我只能写一份书面报告，然后他就会被交给警察。随后对他的照顾只能由监狱系统来完成了。监狱系统的精神病护理条件的确比较差。这一点确实很糟糕，但已经不在我们的控制范围以内了。我们会把他留在这里，直到警察拿到逮捕令。我已经和警察说过了，他们也点头了。"

"是的，这的确很糟糕，我们的系统并不能给病人很好的照顾。"

"我们能做的只有这些了。"

"谢谢你，肯。"

我看了一眼挂钟：日班医生要再过 15 分钟才能到。我又回头看向 17 号病室——威廉姆斯先生正一动不动地躺在病床上，眼皮松垂。他手上的伤口已经被缝合好，身上穿着精神病人的衣服，鞋子被换成了医院短袜。劳拉西泮和齐拉西酮缓解了他的焦虑。现在他终于可以休息了。

我叫来的医院警察还在处理凯里先生的事。经过一番谈判之后，警察戴上手套，围住了他的病床。很明显，凯里先生依旧拒绝下床。护士打开了他病房的玻璃门，警察推着凯里先生的病床向急诊室后门走去。

办事员看着医院门外的监控视频，笑了起来。"哦，凯里先生终于下床了，还向警察竖了个中指。他终于走了。真是个傻蛋！"他一直不停地笑着，"知道吗，他走起来可快了。我猜他肯定没那么痛了！"

我开始一边收拾我的东西，一边想着威廉姆斯先生的故事会如何出现在几天以后的新闻中——以及几周后的法庭上。检察官会不会编造出一个狂暴的冷血杀手？"有流血才有看点"的心态总是会扭曲事实。威廉姆斯先生并没有什么特别凶狠的地方，但为了追求轰动效果，人们难免会搞出一些与事实完全无关的假象。

我不由得想到，正是这种歪曲事实的冲动让我们逐渐泯灭了同情心和包容心。这个案件无论从哪个方面讲都是可怕的，但新闻报道常常会绕过真正根本性的问题。媒体只会流于表面，兜售恐惧，煽动仇恨。威廉姆斯先生攻击那位老妇人是一场悲剧，她因肺部衰竭而去世了。她本来只想去教堂，却被一个陌生人杀害了。这个凶手也饱受折磨，被卡在了现实和他自己的意识世界之间。我不知道是什么动机让他做出了这种事。但我知道，大部分精神病人都是非暴力性的。实际上，有理智的人对其他人造成的威胁最大，犯下的暴力罪行最多。

我知道威廉姆斯先生曾经是精神正常的，所以才能应征入伍。然后他遇到了一些事。也有可能是遗传问题导致他患上了晚发性精神分裂症。但这种情况极为罕见。通常造成精神分裂的都是某种创伤，而且通常这种创伤都是叠加在之前未曾解决的创伤之上，才导致精神失去平衡、发生变异的。精神挣扎着寻求保护的时候或许会分裂、破碎、失常，因为它不知道该如何完成自我治愈。

我能想象这位老妇人的遇害对她的家人和所在的社区造成的创伤。而威廉姆斯先生也承受了巨大的痛苦，因此精神才会崩溃。当然，作为成年人，他受到的创伤只能由他自己负责。他的行为结果要由他自己承担。

日班团队的到来标志着我的值班结束了。在去停车场的路上，我在手机里找到《心有玫瑰》（*Rosebush Inside*）这首歌。这是很适合我在回家路上听的歌。我把车从医院停车场里倒出来的时候，音响里传出吉他拨弦的前奏。前一天，我在国家公共电台的播客上收听了关于莫里斯·比卡姆的节目。莫里斯·比卡姆是美国"二战"时期的黑人海军老兵。1958 年，两名路易斯安那的地方警察，同时也是三 K 党成员，为了履行他们加入三 K 党时的承诺，对一场发生在酒吧里的争吵进行报复。他们深夜持枪闯入比卡姆的家，企图谋杀比卡姆，其中一个人开枪击中了比卡姆先生的腹部。为了自卫，比卡姆先生开枪还击，杀死了那两个人。路易斯安那陪审团全部由白人组成，他们宣判比卡姆先生死刑。1996 年，在狱中度过了 37 年半的光阴之后，州长以"在狱中表现良好"为由宣布对他减刑，而他被释放出狱时已是 78 岁高龄。在服刑期间，比卡姆先生一直在努力做各种对社会有益的事情：他成了牧师和其他囚犯的良师益友，还种了一片玫瑰园，将那里当作他的避难所。关于他珍爱的玫瑰，他在获释前曾经对一位去监狱中探望他的采访者说："我想向你介绍这些美丽的玫瑰花……这一株是我最喜欢的。我用我妻子的名字给它命名——埃内斯蒂娜，一株美丽的粉色玫瑰。我会尽力让它整洁漂亮，它就是'我的美人'。我知道这听起来很滑稽，但正是这些玫瑰让我能够过上正常的生活。它们给我带来很多乐趣，如果不是这些玫瑰，我就完全无事可做了。所以，这些玫瑰和我非常亲密，非常非常亲密。"

获释后，比卡姆先生说他不恨任何人，反而对自己拥有的许多幸福心怀感激。我相信，就算被剥夺了身体的自主权，他也仍然拥有心灵的安宁。对我来说，他是一个学会了不带痛苦地生活、懂得享受每一丝自由阳光的人。通过这种方式，他拥有了无条件的爱。这是极少有人能够实现的。

我把车停好，向公寓走去。就像夜班时的宁静一样，在家中的安静时间也正好用来思考。是"原谅"让身陷图圄的莫里斯·比卡姆获得自由；在给威廉姆斯先生缝合伤口的时候，我也在心中原谅了他的异常行为。他的不正常行为可能是危险的，而我对待他的平静心态可能救了我的命。当然，他没有伤害我，也算救了他自己的命。

原谅无法免去任何罪行，但它能够让我们摆脱愤怒的枷锁。不只是愤怒，还有敌对、怨恨、否认和痛苦，所有这些负面情绪都会抑制我们的成长。只有摆脱这些枷锁，生命才能重获自由；只有在这样的自由中，我们才能有更好的感受，成为更好的人，并在下一次做出更好的选择。

现在，我曾经熟悉的一切都已经离我而去。我知道自己将不得不接受改变。我结束了和前夫的关系，离开了另一个恋人，曾经坚信的行医之路也走到了尽头。我曾经决定留在费城。我曾经将根扎在了这里。我曾经实现了成为医生的目标。我曾经结过婚——然后又离了婚。我在中心城区买了一套公寓，在这里挂满了当代画家的画作，用它们来寻找灵感，还有熏香、蜡烛和瑜伽垫，用它们来维持心灵的平衡。我曾经被纯粹的爱包围。纯粹的爱的能力之一就是知道什么时候该坚持，什么时候该放弃，什么时候该离去。

我进入了一个新的阶段。在这个阶段里，我意识到如果只是继续完成主流价值观认为重要的那些目标——在我的职业生涯与个人生活中——我只会被引导着产生越来越多的欲望，沉溺于永远也无法满足的焦虑之中。对此，我也需要原谅。

我想起了父亲的那封信，它还在我的包里。我现在平静下来了。在我的人生中，我第一次坚定地只专注于对自己的关爱。我全心全意地爱着自己，而这种爱的连锁反应就是我会无条件地去包容他人。因为我知道，别人的人生和我的人生没有任何关系。我因此得到了自由。原谅是一种自然的态度，也是真正有意义的态度。它意味着我接受各种可能性，实际上这应该是最大的可能——我的父亲联系我只是为了他自己，是他能为自己，或愿意为自己做的最好的选择。

我从包里把信拿出来。这时我又想到，也许有另一种可能——这封信可能是某种真诚的解释。我拿出一个新信封，贴上邮票，写好地址，这样我就能够把我新的联系方式寄给他。

我拆开了他的信。

信封里是一张圣诞卡片，里面夹着一张被整齐叠好的方形白纸。我小心地把那张纸打开，看到的是一封男人手写的信，里面充满了对人生的哀叹。他说他终于为自己所做的一切付出了代价。自从和我的一切联系都中断以后，他一直在努力从网上搜索我的消息——我在做什么，住在哪里，变成了什么样子，还知晓了我在行医中的事迹，对此他发出了由衷的祝贺。

这封信的最后写着他的电话号码。他显然是希望有一天我能够真正和他说几句话。我反应过来的时候，发现自己的手正在包里摸索手机。几秒钟以后，电话铃声响了起来。三声过后电话通了，但我还没有想好应该说些什么。

电话那头传来一个声音：“喂？”

“你好，我是米歇尔·哈珀。”我说道。

对方停顿了一下，随后又很快说道："米歇尔，真高兴能听到你的声音。你还好吗？"我觉得父亲的声音有些沙哑。

我们友好而简短地聊了几句。我把我的情况告诉给他——我成了费城退伍军人医院急诊科的一名医生，正在为未来做打算。他把信上的许多内容重复了一遍，然后又告诉我：他还住在宾夕法尼亚的郊区，还在做医生，大部分工作都是为监狱系统服务。

他之后的话让我吃了一惊："米歇尔，我一直都记得我们最后一次交谈时你对我说的话。你对我说：'你什么都没有。'你是对的。这些年里，我无数次想起这句话。我有的只是我的错误——那真是太令人痛苦了。但我可以改变。过去 20 年里，我一直在努力让自己变得更好。"

我不禁张大了嘴，整颗心都融化了——原来他真的听进去了我在那么多年以前对他说的话。

"这太好了。"我说，"这对你真是太好了！"

虽然这严格来说不算是道歉，但他能承认自己的错误，这已经非常难得了。无论以后会发生什么，现在的事都是一个奇迹。

他问我是否能在下个月见一面，他会到费城来找我，我同意了。我们又聊了几分钟，道了别，通话就此结束了。

我感到无比欣慰，如沉浸在练习瑜伽和冥想的温暖感里一样熟悉。在这段对话中，父亲给了我一份礼物——一句酝酿了几十年的解释。

我回想起海蒂·伯恩那篇关于慈悲和原谅的文章。是的，我仍然是我，但我在这些年中不断发生着改变。他也仍然是他，但也许他也改变了。在这一刻我意识到，对我来说，他是否改变并不重要，重要的是我真的原谅了他。这次交谈让我感到欣喜的，不在于他发生了奇迹般的变化，也并不意味着我欢迎他回到我的生活中来。让我自豪的是，我原谅了自己未能享有的童年，原谅了我本该拥有却从未得到过的父亲，原谅了他的失败——这些原谅才是真实的。在这些原谅中，我让我们两个都得到了治愈。所以，海蒂是对的——"不是什么大事。但，这仍然是一切。"

第 十 章

找 到 对 自 己 最 有 效 的 治 疗 方 式

我坐着，渴望着平静。我知道要平静下来没有别的办法，只能让这种渴望消失，放它走。我想起一行禅师的一句话："放手给我们自由，自由是幸福的唯一条件。如果我们心中仍然执着于某样东西——愤怒、焦虑或者财产——就不能获得自由。"所以，我坐在这里，等待着，竭力不让自己过于执着。在诵唱的最后一句结束之后，祈祷的声音还回荡在冥想室中。这个冥想室距离我家有15分钟的步行路程，所以我可以每周来这里参加一两次冥想。行走到这里的过程本身就是这个仪式的一部分。

　　我听到助手的脚步声。他关掉了音乐。现在到了静坐冥想的时刻。祈祷的最后回音还在我的每一个细胞中震荡，从我的心脏直到手指和脚趾。我体内紧张的团块、一簇簇阻力的结节都随着它的震动而变得松弛下来。随后便是空无。我的头顶向上浮起，双手放在大腿上，轻盈得宛如两片羽毛。

　　是的，就是它，这就是人们渴望的浑金璞玉，只有在思绪清空时才能得到。

　　在这种状态之中，我开始思考：我该如何处理现在的工作？我的下一场重要的事业变化——不，是人生变化又会是怎样的？科林回来的时候我会怎么做？我该听他解释吗？更重要的是，我该如何原谅他给我们造成的巨大痛苦？其实那份痛苦也是我允许他造成的。

唉！我又这样了。我再一次意识到，在冥想空间中进行判断只会为更多的判断、更多的计算、更多的冲动打开大门，将我导向困惑和混乱。就像在瑜伽中一样，我们常常会陷入一种以自我为中心的意识中，努力寻求特定的体式、特定的形态、特定的表象，而这很容易让我们受伤。同样地，当我们在冥想中没有明确目的就依照习惯推动自己时，我们的情绪也会很容易受伤。

随着胸口绷紧，我看到自己的想法如同流沙一般落在身躯之上。我的手掌开始发热，皮肤仿佛收紧了。我的毛衣领子突然变得很刺痒。就在同一瞬间，我无法再改变自己的姿势，顽固的腰痛有些令我吃不消。这些都是我需要停下来的警示。停止在意我的毛衣、我右脚踝上突然出现的痛点——等等，我刚刚是不是被蚊子叮了？

不，什么都不要管。只需要——停下。

一个想法顶着"工作"的名号闪现在我的意识中。我看到自己盘腿坐着。我的手臂没有动，我的意识未起波澜。我的肋骨随着每一次呼吸扩张和收缩。"工作"消散于无形。我的身体融化在一片天鹅绒般的温暖里。一切都流走了。一片柔软的黑色空间包裹住我。水一般的黑扩散成深红色、赤褐色、黄色和金色的浪花。我漂浮在中间，稳定、安全、踏实、无拘无束。当充满活力的蓝光从我的喉咙中放射出来，像一个膨胀发光的球体打开时，我有了一种明快的清晰感。一阵战栗掠过我的上背部。科林的影子出现在我面前。他的脸上带着诚挚，眼神中带着爱意。我被温暖包围，同时又无所牵绊。蓝光随着我的每一次心跳闪动，随着我呼吸的节律扩张和收缩。在我的最核心处是一片黑色的岩浆，从那里释放出一个觉知。那不是声音，更像是耳语。不是言辞，只是一种信息：

> 我爱你。吸。我很抱歉。呼。请原谅我。吸。谢谢你。呼。我爱你。吸。我很抱歉。呼。请原谅我。吸。谢谢你。呼。我放开你。我爱过你。我已放开了你。我放开你。我放开你。

这幅图像和这些声音都融入到那光芒四射的青蓝色中。我在蓝光中挺直身子，站稳脚跟，安稳、坚定、轻松。然后，一无所有。

蓝色光球被黑色的脉动吞没，平稳地变成灰色。当我在寂静中漂浮时，冥想的铃声响了。我的一双赤足在秋天夜晚的地面上感觉到了寒冷。我将羊毛衫在胸前收紧，挠了挠脖子上发痒的地方。我的肩膀在身体两侧毫无重量。我的喉咙完全被打开了。

我收拾好东西，准备离开。我决定不打开手机。现在应该从容处理发生的一切事情。我练习冥想已经有一段时间，但一直都是断断续续的，缺乏连贯性。在这个转变的时期，我知道自己需要做好心理建设，重新集中精力，开始铺设新的人生道路。而这些周四晚上的课程就是一种很有用的工具。

我走出冥想室，清冽的空气拂过我的面颊。松树街上的商店灯光显得更亮了。这里的城市景观就像一个色彩的拼盘：鲜艳的绿色、舒缓的棕色、耀眼的黄色。很长时间以来，我第一次感到自由自在，也许是有生以来第一次真正感到舒适惬意。因为我能够放手，所以能够原谅；因为能够原谅，所以才有了信念。这一切的关键是对真理的彻底认同，于是我有了彻底的信念，让我投身于爱，放开了其他一切，道路便自然而然地向前展开了。我在飘落的树叶中步行回家——这是一次顺利度过生命周期的平稳着陆。

当我打开公寓门，香料的气息扑面而来。是的，这就是我一直会点燃熏香的原因：我能够在一瞬间想起回家的感觉。

第二天早晨，手机闹钟把我从熟睡中叫醒。我的第一个想法是必须把闹钟设成温和一些的铃声。一睁开眼睛，就立刻感觉到胸口的紧张。那种熟悉的焦虑又回来了。我停下来，让自己又享受了片刻被窝的温暖和前一天冥想时散发出的光芒。当一种心态让位于另一种心态的时候，对恐惧的习惯性执念就会消失。这种新的心态让我感觉得到了支持，因为当我允许自己有这种感觉时，生活就会变得更好。今天早晨，我很感谢天蓝色的裤子包裹住我的脸，就像一把蒲公英的种子。我从床上爬起来，仍然能感觉到昨夜冥想的光芒，还有我在瑜伽中体会到的放松。

24 分钟以后，我到了医院，一边拿着咖啡，一边查看昨晚的诊疗记录。一切都很正常。

新病人开始到来了，就像时钟一样准确：三位通过快速通道区的非紧急病人在急诊室的信息板上闪过。紧接着是四位进入主急诊室的病人。一位病人被迅速送到 12 号病室。记录上写着"高血压，头痛"。另一位被送到 7 号病室，病情是"酒精脱瘾治疗引发的抑郁"。我知道，我应该先去看那个高血压的病人。我查看了一下那个抑郁的患者的病情评估和生命体征。对于这个 40 岁的男人而言，一切情况还算正常，只是有一点心动过速。看起来他还算稳定，从病理角度来说，他的身体是健康的。

这时分诊护士安吉拉过来通报病人情况。

"早上好，哈珀医生。我刚刚收了两个情况比较严重的。一位女士患有高血压引发的头痛。这是她的生命体征和心电图。"她把第一份病人资料递给我，"我已经给她做了验血。我知道你还会想做一个胸部 X 光片，也已经约上了。这个你需要吧？"

"是的，谢谢。你能再加一个头部 CT 吗？不伴随增强扫描的。我们可以看看她头部的情况。我会先去看看她，不过我想把她先加到 CT 排队里，那个队大概还要排很久。如果我改变主意，会把它取消。"

"好的。还有一个抑郁症患者，韦德先生，来这里是为了戒酒。这是他的心电图。"说着，她把第二份心电图递给我："他说他来这里的路上还一直在喝。你可以看到他的心率有一点快，每分钟 119 次，不过他情况还好。"

我迅速输入了要求精神科介入和处理酒精中毒的标准指令，再加上一个香蕉包（包括生理盐水和维生素的静脉注射液，因为包装内是黄色的液体，所以才有了这个绰号），然后就去看了那位高血压病人。

另外两位急诊病人还在分诊区等候。上午 8 点 55 分，我听到了白班同事们雷鸣般的问候声。戴尔总是卡点上班。他也很喜欢咖啡。我一直都很乐于听一听他的政治评论和他挑选的上班音乐。即使是很忙碌的一天，有他在身边也是很有趣的事。

"你好，亲爱的。"他说道。

"看见你真让人高兴，先生。这真是个平静的早晨。你是乘巴士过来的？"

"是的，有什么消息吗？这里总是少不了状况。我知道你会在，所以我多带了一罐特黑烘焙咖啡，这是生命的灵药。"他欢快地说着，递给我一只装满了咖啡的热水瓶，同时举起另一只热水瓶，做出敬酒的姿势。

"再次感谢，戴尔。我要去看看一位有高血压紧急状况的女士，然后再回来。"

离开前，我再次查看了那位女士的电子病历：奥利维娅·赫尔南德斯，57岁，女性，有高血压、贫血、胃反流和身体超重病史，无过敏史。她唯一使用的药物是降压药氢氯噻嗪。她的医疗记录表明她一直有做定期的医疗随访，健康情况还不错。一切看上去都没有什么特别的地方。

我来到病室，见到奥利维娅。如果不是面带沉重的倦容，她看上去应该比实际年龄年轻得多。她穿着熨烫过的白色礼服衬衫、贴身的蓝色长裤和黑色芭蕾平底鞋。她浓密的黑发随意扎成马尾辫，软绵绵地垂在肩膀上。尽管她的病历上写着身体超重，但她看上去并不是很胖。

"早上好，赫尔南德斯女士。我是哈珀医生。你今天感觉如何？"

"早上好，医生。我很好，很好。我今天早上打电话要见我的医生，因为我这段时间感觉不太舒服。我只知道我有血压高。"她停顿了一下，"嗯，我应该说得更清楚一些。"她的手机响了。她把手机调成静音，放在一旁。"很抱歉，医生。"她长长呼出一口气，用手揉搓着额头，"我说到哪里了？是的，我给我的医生打了电话，因为我这段时间常常会感到头痛。护士给我量了血压，数字很高，高压180，低压110。所以她说我必须来急诊看看，因为血压太高了，诊所处理不了。"

"当然，赫尔南德斯女士，她说得没错。"我微笑着说，"你现在感觉如何？"

"实际上，现在我觉得很好。我来医院的路上还头痛得厉害。这里的压力很大。"她一边指着两侧的额角说道，一边向我投来困惑的眼神，"嗯，我还觉得头痛，但已经轻多了。很抱歉，我觉得自己很傻。我现在感觉没事了。"她转过头看向身后的监测仪器，显得有些尴尬，"我的血压现在怎么样了？很抱歉占用你的时间。我应该走了。"她说着就开始收拾东西。

"让我看看。"我来到监测仪器前，按下了血压监测的按钮。"我还需要问你几个问题。你说你现在感觉好起来了，你的胸口疼吗？心跳有没有加速？或者有没有呼吸困难？"她摇摇头。"视觉有没有变化？有没有感觉麻木？虚弱？腿部肿胀？"她还是摇头。"排尿困难吗？尿中有血丝吗？"我又问她。

"没有。"

"现在头痛变得轻了？"

"是的，我来这里以后就没事了。天哪，真抱歉浪费了大家的时间！"

"这不是浪费时间。"我在监视器上查看新的血压读数，"你的血压下降了一点。现在是169/98。"

"还是很高，不过好些了。谢天谢地！"

"是好一些了。而且我们还没有采取任何措施。"我们俩都笑了，"你最近用药有变化吗？"

"没有，医生。我一直在吃一种药，叫作氢氯……氢氯什么的。"

"是的，氢氯噻嗪。"

"就是这个。我每天都吃，就像时钟一样准。"

"嗯，你有吸烟、饮酒和使用麻醉药物的习惯吗？"

"没有。很偶尔会喝一杯葡萄酒。不过我最近连葡萄酒都没喝过。相信我，我知道我需要喝一杯，不过这些日子我真的不能喝。"她笑了，但笑声有一点不稳定。

"你有什么压力吗？"

她叹了一口气。"唉，我的确有压力！"

我顿了一下，仔细看着她。"看样子，你像是在看护别人。你的压力是怎么来的？"

"嗯，医生，现在我的丈夫还在医院里。我很抱歉，所以刚才手机有人联系我。他最近被诊断出了癌症，而且很不幸，已经扩散了。他必须经常到医院去检查。还有，我得照顾孙女。她刚4岁，患有自闭症。她的父母……"她停下来，摇摇头，"不管怎样，我们现在是她的监护人了。我只是没有时间把一切都处理好。"

"我了解了。"

"我的胃口也不如从前了。"她拽了拽宽大的衬衫，指着固定住松垮衣襟的纽扣说，"从上个月开始这样的。"

"嗯，你现在确实有很多事要忙。我相信最近你血压的急速升高和压力高度相关。"

"是的。"

"我知道你还有许多事要做，但你能不能采取一些积极、有益的行动来应对你现在的压力？"

听到这个问题，她笑了。"也还是有一些好事的。今天我弟弟告诉我，他可以帮忙给我丈夫做预约，送他去医院。"

"你的孙女呢？"

"说实话。她的父母是最让我失望的，他们没有为孩子做任何事。我们必须把他们没做的事都赶快补上。我相信我们有能力养育她，但我还要仔细研究一下，这里有太多法律上的问题。我们现在不要讨论这些事，医生，否则我的血压又要上来了！"

"我明白，"我微笑着说，"那么，好消息就是你有可能得到一些帮助，这样就能让你有一些时间来照顾自己了。"

"照顾我自己。"她仿佛做梦一样说道，"我真的很想回到那种生活。我真的需要照顾一下自己了。"

"有什么你喜欢做的事情？比如某种体育活动，能帮助你的血压降低，提升专注力和身体健康的运动？"

"说出来你可能不信，我以前练过武术，而且练过许多年。我真的很喜欢。我的老师是一位很注重精神修炼的人，他在我们的练习中一直强调冥想的作用。我也进行过冥想练习，每天 5 到 10 分钟，对我真的很有好处。我一直都想要恢复这种练习。"

"这种练习对现在的你应该很有帮助。就算目前你的时间这么紧，也应该再次开始冥想练习。"

"的确。"

"你的血压上升和头痛都和压力有关。我们的意识和身体有强烈的关联。压力会导致身体状况变差，这一点你应该明白。不过我还是要为你验一下血，看看你的肾脏是否有问题；为你照 X 光片，看看你的心脏和肺部；还要做一个心电图，看看你的心脏；再做个头部 CT，确认那里没有出血和异常情况。毕竟你的高血压还伴随着头痛。这些检查可能会有一点过度，我有信心最终结果全都会是正常的。但我们还是要全面检查一下，以防万一。没问题吧？"

"没问题。我也觉得我的检查结果应该都是正常的。应该只是我的压力太大了。我真不想再占用你的时间。但既然我已经来了，也许我还是应该检查一下。天知道我什么时候还能过来。你是对的，我现在不能病倒，所以还是查一查比较好，以防万一。"

我点点头。"你可以在等结果的时候就开始练习冥想。"

赫尔南德斯女士靠在病床上，面色柔和下来，还露出了微笑。"真是个好主意。"

"太好了。放松一下。你想要开着灯还是关上灯?"

"关上灯吧,谢谢你。"

我把灯关上,走出病室。我听到运输科的人喊着要送赫尔南德斯女士去放射科。来得真是时候。我回到电脑前,刷新了一下,看见她的化验结果就像预想中的一样,全部正常。

随后我去看了亚伯拉罕·韦德。他是一个身材高大、肌肉发达的白人男性,因为戒酒和抑郁来到医院。他的生命体征复查都是正常的。我敲敲门,做了常规的自我介绍。尽管他告诉安吉拉自己刚刚喝过酒,不过看上去他还算清醒,也不像是有任何严重身体问题的样子。他告诉我,在参军之后,他曾经有过一段滥用处方药的经历:那时医生给他开了羟考酮,治疗他在海外服役期间出现的慢性背痛。他的精神健康护理记录上有一条:他的家庭医生和疼痛管理专家都曾使用一种非麻醉剂疼痛疗法为他治疗。我问起这件事的时候,韦德先生说确有其事,不过他又说,实际情况是他当时下定决心戒除毒瘾。

于是他停止使用药物,开始寻找别的办法。而非药物方法的确缓解了他的疼痛。

我结束了对他的病历询问和检查,准备回去喝咖啡。

"好了,韦德先生,我的这部分工作已经结束了。我负责对你进行常规医学筛查。你的化验结果还没出来。不过我相信应该都没有问题。其他部分,也就是抑郁和酒精成瘾,精神科医生会和你进行讨论。"说完我就想要转身出去。

"医生，你知道精神科医生是哪位吗？你觉得他会让我回家吗？我是说，我不会自杀，也不会做任何出格的事。我只是有些过度情绪化。我想要活下去，想要变得更好。我是一个好人。"他指着胸口说，"我真的是一个好人。从我做的那些破事里，你也许看不出我是个好人，但我真的是。"

"我相信你。我们有时都会做一些糟糕的事。"我几乎没办法压抑住自己会心的笑意。

"是啊，人不就是这样吗？"他点点头。

"来看你的精神科医生是马塞蒂医生。我真的不想过分赞美他，但他确实是一个非常善良、非常细心的人。我知道他会竭尽全力帮助你。还有什么想知道的？"

"来这里以前，我还从没有和别人说过我喝酒的事。"他一边用恳求的语气说着，一边揉搓双手。

我向他走近两步，靠在洗手池上，表现出倾听的姿态。

"离开部队以后，我就一直在喝酒。实际上，我在参军前就会喝酒。我记得自己年轻时就沾上酒了。那时我父亲总是不在家，我会趁他不在的时候打开酒柜，拿出一瓶，和朋友们一起喝。我入伍之后也没有断过喝酒。我刚刚还回家喝了一瓶。

"我有一份不错的工作，在一家大型建筑公司当工头，同时还有副业，做地板安装和粉刷的活儿。我做得很好。但当我喝得越来越多，我就会经常醉得不省人事。就这样，我的工作丢了，妻子也带着儿子离开了，就是上个月的事。她做得对，医生。我就是个混蛋。"他停顿一下，又皱起眉头，"真抱歉。我知道你没时间听我说这些废话，你一定还有其他病人。"

我认真地听着，没有漏掉他的每一个字。"没关系，现在不算忙，我还有一些时间。"

"谢谢你，医生。"他清了清嗓子，"你知道我为什么会到这里来吗？两个星期以前，我给我妻子打了电话——或者应该说是前妻。我不知道她现在怎么样了。她搬去她父母家里住，在那之前一个星期就不接我的电话了，连我的语音信息都不回。当时我喝醉了，她接了电话，只是听到我在电话里发酒疯。然后她给我家里打了电话，但我没有接。她给公司打电话，但他们说我不在。她太害怕了，不敢回家。我不怪她。

"我醒来的时候，发现穿着特警队衣服的人砸破了我家的门。我像胎儿一样蜷缩在地上，枪就放在我身边。原来那些人接到了我前妻的电话。我前妻说她在一个月之前从家里逃出来，因为她丈夫是个有抑郁症的酒鬼，而且刚刚给她打了电话，尖叫着说要杀了她。说实话，我当时真的尴尬极了。那些警察把我送到了附近的急诊室。但我拒绝接受治疗，而是回了家，我很生气他们砸坏了我的门，我想要赶快把门修好。

"昨天我又喝断片儿了。下午醒过来的时候，发现卧室门倒在地板上——我不记得自己曾经修理过它。地上还有两个伏特加的空瓶子，我也不知道是从哪里来的。手机上有一条公司发来的语音信息，因为我一直没有去上班。还有一条是我 5 岁的儿子发来的，他已经有三个星期没见过我了。所以，今天我开车来到这里。我真的没有什么东西可以再失去了。我想让所有人知道现在我需要帮助。我是一个好人，虽然我做了这么多混账事。"

我审视着他有些发红的脸，感觉到了他声音中的决心。"不用担心，我明白，"我说道，"你是一个好人，你会挺过来的。你正在做你要做的事。我会把我们刚刚说的话告诉精神科医生。"我没有把我真实的意思告诉韦德先生。因为我害怕这会让他以为我是在做出保证，我还无法确定自己能不能做得到——我会恳请马塞蒂医生今天就让韦德先生住院。

"医生，再次抱歉耽误了你的时间。在听我啰唆了这么多以后，我只想问你一件事：这会有多难？我是说戒酒。"他的声音中流露出了更多的真诚。他是一个强壮聪明的男人，一个在绝望中向我敞开心扉的人。在这一刻，他正全心全意地想要摆脱自己的这一部分人生。

我也希望他能够摆脱自己的过去，全心全意地希望。"听着，朋友，这是一个好问题。我会对你说实话，我认为这才是你想听的，只有这样才能帮助你渡过这个难关，让你过上你想要的生活。"

他点点头，认真地倾听着。

"我们先说身体的这一部分。身体会对酒精形成依赖，有些人会更容易形成对酒精的深度依赖。戒酒期间，你有可能感到焦虑，容易出汗，甚至心跳加速；更严重的情况，可能会产生幻觉等不良反应。但所有不良反应都有对症的药物。说实话，就算是你发生了惊厥或癫痫，你也不用担心，只要你在这里，我们就可以处理好你身体的一切状况。药物能够让你平静下来，帮助你避免一切危险的并发症。

"但这是比较容易的部分。"我继续说道，"和随后必然会出现的问题相比，这甚至可以算是比较舒服的一部分。随后的阶段会更加痛苦和漫长，在你回到家以后才会体验到它是多么难以忍受。

"那时让你受苦的是你的精神、情绪、心灵。到时会更难熬，因为这是需要你用意志力去克服的。你在这里只是开始了对自己的治愈，你必须在离开这里之后独自完成这段治愈，而且到那时你已经不能借助酒精这根旧拐杖了。从长远来看，酒精会毁掉你的生活，但它在很长一段时间里也是一种相当强大的应对机制，帮助你撑了过来。现在你要把酒精抛弃掉，那么你就必须以清醒的状态应对人生。从你小时候一直积累到现在的创伤都被淹没在酒精里，所有事情都需要你清醒地去面对，再不会有酒精帮助你逃避。在这里，我们会帮助你，但就算是有心理专家、有社工、有治疗团队和医疗手段，真正的挑战依然只能由你独自去迎接。不过这是值得的。你是一个坚强的人，你会超越现在的自己，变得比以往更坚强。只有渡过这道关口，你才能变得幸福，拥有一份可以让自己充实起来的工作，成为你想成为的父亲——为了你的儿子。那时，你就能把你如何活下来，如何取得胜利的故事讲给别人听，让你的故事拯救更多人，就像拯救你自己一样。所以，这一切值得你去努力。你需要每时每刻都记住这个终极目标，因为这可能是你一生中遇到的最困难的事。你能做到的。"

他深吸了一口气，点点头，将双手交握在身前，在病床上笔直地坐起来，坚定地准备去赢得一场实实在在的胜利。

"很多人会来这里寻求帮助。"我接着说道，"但最重要的是你必须自己想要这样做，愿意承受这份辛苦。这条路绝对不好走。你需要每一秒钟都用意志力控制自己，然后延长为每一分钟，每一小时，最后变成每一天。每积累一天就是一次胜利。最终，你会习惯成自然。迟早有一天，你不会再觉得有多困难。它会变成你的日常生活，就像呼吸一样。"

我能看到他眼睛里的决心，他要让自己健康起来的意志。

"谢谢你，医生，谢谢你。"

我伸出手。"韦德先生，我期待着你在未来的某一天回来告诉我你变得有多么好。请记住：首先你要赢得挑战，然后你将获得自由。"

我们握了握手。我感觉到手心里传来的力量。他再次点点头。"谢谢你，我会的。"

赫尔南德斯女士的结果都出来了。我回到她的房间时，她正躺在病床上，闭着眼睛。我敲敲门，她微笑着睁开双眼。

"全都是好消息。我们再给你测一次血压，我把最新情况告诉你。"我按下按钮，再次开始测量，"就像我们预料的那样，你的血检一切正常——肾脏、电解质等都没有问题。你的胸部 X 光和头部 CT 结果也是正常的。"血压计停住了，我开始监测读数。"而且，"我学着游戏节目主持人的口吻说道，"你的血压已经降到了 110/87！"

她叹息一声，抬起手，仿佛是在快乐地舞蹈。"感谢上帝。医生，你知道我只是坐在这里，不停地呼吸，就像我在练习武术时那样冥想。它真的很有效！"

这样做的确有效，比我们能给她开的药更有效，比我们能注射进她血管的药水更有效。当然，使用药物缓解身体的症状总会更快，就好像用程式化的对话总是比真正的交谈更方便。如果你的主要目标是尽快把病人打发走，那么这些手段就是有效的。但如果你的目标是唤醒病人的内驱力，帮助病人重获健康，那么最好还是多关注病人的内心，努力倾听他们的故事。

"不过，你还是要去你的医生那里进行定期的血压监测。最好今天就给他打电话，做好预约。你的血压还是有一点高，也许需要他们修改一下你的用药。我知道你非常忙，要为你的家人做许多事，但你的身体和精神在向你示警，要求你照顾好自己。这样你才能保证自己的健康和力量，照顾你需要照顾的人。你明白我的意思吧？"

"我明白，我明白。"她微笑着说。然后她收拾物品准备离开，并表示会重新照顾好自己。

"我会给你写好出院通知书，然后你就可以走了。还有什么问题吗？"

"没有了。谢谢你，医生。"

我签好了韦德先生的记录，又完成了赫尔南德斯女士的出院通知。戴尔又收治了两位新病人。快速通道中一共有五位新病人，看样子刚刚进入候诊室的三位病人也要归急诊科管——其中两位是生理问题，一位是心理问题。来得真及时，我和戴尔刚刚把前面的病人处理好。

等待新病人被分诊的时候，我又在想韦德先生和赫尔南德斯女士的经历。韦德先生的治愈之门是以一种戏剧性的方式被轰然打开的：一群武装人员真真正正地撞开了他的家门。他当时昏睡在地板上，好像行尸走肉，然后猛然惊醒。赫尔南德斯女士则要平静得多——先是额角处一阵阵钝痛，为了"以防万一"，她才来医院做了检查。在等待检查结果的时候，她让自己进入宁静状态，用这种方法进行自疗。

这两位病人都在以自己的方式让自己恢复健康。这不是在治疗过程中常常会发生的事情吗？在日常生活中，在每天的忙碌里，人们需要使用对于他们最有效的方式进行治疗。

对于那些慢性疾病，传统的医学手段是不够的。但在医学手段成功帮助患者摆脱了那些危急病症之后，如果想保持健康，那么能对患者产生根本性和核心作用的，一定是另外一些辅助性的手段。是针灸减轻了我的季节性过敏，让我能够从一套令人精疲力竭的治疗方案中逃脱出来（那套方案包含了抗过敏注射、鼻腔喷雾、眼药水和两种不同的抗组胺药）。是瑜伽、有氧运动和普拉提让我的身体保持柔软和强壮。另外就是保持健康饮食——它给我生活的各个方面都带来了好处。是冥想练习让我充满活力，免受外界不良影响的侵扰。对于很容易诱发各种慢性病的日常生活，正是这些辅助治疗方法帮助人们避免抑郁、焦虑、高血压、高胆固醇、糖尿病、肥胖、心脏病、中风和癌症，拥有更高质量的生活。

赫尔南德斯女士、韦德先生和像他们一样的病人不断给我鼓励，我也不再自寻烦恼，去思考我的爱人何时到来，我的家庭会是什么样子，还有我的职业生涯的最终目标又是什么。我应该生活在此刻，没有比现在更好的时刻了。

第 十 一 章

无 论 发 生 什 么 ， 要 让 自 己 幸 福

回来的第一天，我就忍不住总去想我在飞机上的杂志里面发现的黏液。

每次我搭乘飞机，做的第一件事就是看看航班附带的杂志。这已经成为我多年以来的习惯。

我已经说过了许多事情——换工作、建立辅助治疗中心的提议无果而终、与科林分手、"我到底该如何对待我的生活"的内心对话——不过我忘记提起那次志愿参加的退伍军人医院关于女性健康的会议。可悲的是，如果从提供最全面、最新的医疗信息方面来评价，它很可能是我医学生涯中参加过的质量最差的会议之一，不过它还是有亮点的：在我们接受优化体能训练时，配合我们的病人演员非常熟练；还有一位女性老兵真诚地向我们讲述了她是如何在军旅生涯中活下来的。虽然我已经习惯了为退伍女军人提供各类医疗服务，治疗她们因遭受性侵犯和性骚扰而留下的创伤，但听这位老兵分享她的经历以后，我才意识到自己还从未考虑过女性军人会受到的其他一些伤害，比如被迫使用专为男性身体设计的装备而产生的各种慢性疼痛综合征。虽然女性被允许参军，但在大多数情况下，她们并不被允许和男性拥有同等地位。

抛开医学领域的讨论，这次会议还有三个十分有意思的特点。首先是我在会上遇到的同事都很可爱。当然，我们会相互交换各种耳熟能详的故事，关于我们都在使用什么样的创造性和变通性的策略，以弥补我们在各自岗位上所面对的资源缺乏问题——从卡罗来纳到科罗拉多，到处都是如此。我们经常会坐在泳池边，吃着玉米饼，喝着饮料，不停地聊着，我们的同袍之谊也因此变得更加深厚。能听到其他地方的同事们做出的奉献，对我是很好的提醒，让我知道还有许多医生和护士不愿放弃医疗事业以及那些需要帮助的人们。

第二个收获是酒店健身中心的蒸汽房。这个发现给我带来了不可思议的快乐。我总是能够在蒸汽房中寻找到一个平静的角落。在这里，一切有毒的想法都会消失在蒸汽中，为积极的灵感留下空间。我在闷热的蒸汽中呼吸，让这种高温变得可以忍受的唯一办法是假想出一种轻松的感觉。这需要使用瑜伽的方式，调动我的每一个组成部分——身体、呼吸和思想。正因如此，在我进入蒸汽房不到一分钟的时间里，我就必须实现自己的正位与平衡。这样做对我的奖励是什么？这是一条通往无限的终极快车道。

提到蒸汽房，我仿佛又被蒸汽点燃了。所以现在我准备好好讲述这趟旅行的重头戏了。当我坐上返回费城的飞机，懒洋洋地坐在靠窗的座位上，我拿起了那本杂志。这时我看到了一篇关于蝴蝶生命周期的文章。我小时候从《好饿的毛毛虫》

这本书里知道，蝴蝶就是由毛毛虫变成的。当它还是毛毛虫的时候，它要不断地吃了又吃，才能最终变成拥有美丽翅膀的轻盈飞虫。但我不知道在长大的毛毛虫结茧进入蛹的状态之后，它实际上变成了黏液。很明显，科学家们还不明白为什么毛毛虫的身体会在这个转变时期完全分解掉，才能让蝴蝶出现，也不知道这个时期具体都发生了什么。

当我将杂志放回到座位背兜里，一个想法突然从我的脑子里冒出来：这才是真正会发生的事情，不是吗？只要我们愿意继续前行，愿意让身体和精神获得营养，允许一切对我们不再有益处的牵绊分解掉，尽管我们无法确切地理解接下来的每一件事会如何发生、就位，但美丽的结果终将得以呈现。

回到工作中以后，我还在思考这种转变的过程。直到扬声器中传来一条通告，让我从关于蝴蝶的白日梦中惊醒过来："应急团队，请到停车场 C 层。应急团队，请到停车场 C 层。"几分钟后，应对可能出现的紧急医疗情况的应急团队就推着轮床冲进了急诊室。躺在床上的是一位柔弱无力的小病人。一个神色痛苦的年轻人紧追在应急团队身后。小病人被推进了 4 号病室。应急团队全都围绕在她的周围。我身边是在急诊室轮岗的内科住院医师嘉娅，她帮助我一起照顾病人。

"什么情况？"嘉娅问应急团队的队长。

"病人 1 岁零 10 个月，高热惊厥。她今天在由其父带来探望一位病人时突然发病，无用药史。她父亲说她过去两天有点着凉，今天早上发了烧。她在停车场突然开始抽搐。一个路人帮忙叫了急救。她一直表现出发作后的症状，据她父亲说，症状持续不到一分钟。之后没有再看到她发作。"

这个孩子是这么小，这么美丽，穿着金黄色的连衣裙，上面还装饰着独角兽。她无力地在床上挣扎着，柔软的褐色卷发来回摆动。当我们把她挪到病床上时，她浓密的黑色睫毛扑闪了几下，但她的眼睛一直闭着，忽然又有些紧绷，仿佛被困在噩梦里，又过了一段时间才放松下来，回到了正常的做梦状态。护士们迅速地准备着儿科医疗用具，为她检测生命体征。我们给她连好监测仪器以后，发现她的心率是 120 次/分钟，血氧饱和度为 97%，体温在 38 摄氏度左右，血糖稳定为 89。

"嘉娅，请去和她的父亲谈一谈，尽量多获取一些信息。然后我们再一起对她进行诊治。"我又转向技术人员："莉莎，请帮我把小珍妮的衣服脱下来。我们需要让她的身体完全暴露。"我对被派到 4 号病室的护士说："泰德，我们需要基础验血数据、胸部 X 光片、还有验尿。还有一剂 10 毫升每千克的生理盐水输液。"

嘉娅回来了。我们一起对这个小女孩做了检查。在我们的温柔抚摸下，她动了动四肢。当静脉注射针头插进她的身体时，她瑟缩了一下，嘴唇向下弯曲，轻轻哭泣起来，然后就又回到了昏迷状态中。尽管她还很不清醒，但至少还有间歇性的反应。她的皮肤没有任何损伤，尿布无异常痕迹，上面只有清澈的黄色尿液。嘉娅掀起她的眼皮，瞳孔在光照下有反应。鼓膜和口咽都正常。肺音清晰。心脏跳动正常。腹部柔软，没有显示痛点。

我在电脑上点击了我需要的一切按钮：生化检查、全血细胞计数、尿检、胸部 X 光片、肝功能测试。我在心中默想道，等等，不应该做肝功能测试。对一个健康的高热惊厥病人没有理由做肝功能测试。但这孩子到现在还没有醒，情况可能比表面看起来更严重。我本来已经把光标移动到了肝功能测试的按钮上，想要取消，但我又停住了。我不能按下去。

有什么东西让我感觉很不对。我没有理由怀疑这其中有什么严重的问题。毕竟除了处在半昏迷状态，这个孩子并没有被查出任何问题。

在我们完成最初的评估之后，孩子的父亲已经到了病床旁，站在医务人员中间轻轻地抚摸孩子。他的神情充满爱意，又带着难以抹去的忧虑。他对应急团队和嘉娅讲述的情况完全一样。但我决定还是多做一个测试。尽管这个测试没有证据支持，但对儿科患者肯定没有坏处。也许肝功能测试能帮我们找到一些新陈代谢的问题。我很清楚，这种理由很不实际。但我还是签了指令，然后就只剩下等待了。

"哈珀医生，我们也许应该为这孩子做好转院的准备，毕竟她一直没有醒过来，可能需要送到专门的儿科医院去接受进一步的测试和观察。"嘉娅说。

"我百分之百同意，嘉娅。所以你是我最喜欢的学生之一。"我微笑着说。

"到现在为止，我们对她做了初步检查，有了她的生命体征和血糖水平。尿检为阴性。她的生化检验结果也没问题。X光还要再等一下。我现在给儿童医院打电话，准备转院。"嘉娅说。

几分钟以后，珍妮的X光片出来了。我仔细查看了一遍。儿科X光片很不容易看，因为孩子的骨骼还没有发育成熟。但我的确没有发现任何严重的问题：肺部很清晰，没有肺炎、液体和气胸。她的全血细胞计数和生化测试也没有显著问题。离这里最近的儿童医院已经做好了接收她的准备，会安排救护车来接她，到那里的路程还不到两公里，过去非常方便。再过不到一分钟，急救队就会把她重新放到轮床上，离开这里。我重新点开她的档案，看到肝功能测试结果也刚刚出来：是正常水平的五到六倍。就在我担心的时候，我接到了放射科的电话。

"喂，我是放射科的韦克斯勒医生。你看到那个高热惊厥的孩子的X光片了吗？"

"是的，小珍妮的。"

"好的，没有发现感染源。心脏和肺部看上去还好，但肋骨上能看到一些骨折，好像正处在不同的愈合阶段。其中大部分是旧伤，已经愈合了。有一两处伤比较新。我还不能确定。

但可以说情况很不好。"

我回过头，看见轮床正被推出急诊室。那位父亲紧跟在轮床后面，面孔因为害怕而扭曲，一只手紧攥着毛线帽子，贴在颤抖的嘴唇旁。他在不断向护理人员询问女儿有没有事。孩子的母亲也到了。旁边一位年纪更大的女士正在安慰她。看上去可能是孩子的祖母或者外祖母。这一家人都跟在孩子的轮床后面。而这个孩子也许就是被他们之中的某个人弄骨折的，或者是被他们所有人弄的。

"谢谢你，韦克斯勒医生。这很糟糕，非常糟糕。我最好给儿童医院打个电话，把情况告诉他们。"

我打电话给将要接诊小珍妮的医生。几分钟以前，我们刚刚通过话。"我想要告诉你一个很可怕的消息。那个正要去你那里的孩子，现在急救队刚把她送出门。我有两个关于她的新消息。她的肝功能测试结果显著偏高。而且她的 X 光片显示肋骨有多处骨折。我真的很担心这孩子的高热惊厥问题是钝器创伤导致的。也许她的肝脏也有受到钝器撞伤。所以她的肝功能水平远远超过了上限。她肯定需要创伤检查。"

或者也可能是另一种情况：这个孩子有一些严重的代谢问题，才会导致肝功能衰竭和高热惊厥反复发作。有可能那些骨折也是高热惊厥造成的，只是没有被诊断出来。是的，这完全有可能，有很多关于这种现象的病例报告。但有些时候，你的直觉告诉你情况并非如此。就好像你可以存在于另外一个人的身体中，不由自主地能够感觉到那个身体的能量，听到它在悄声讲述自己隐秘的故事。这个绵软无力、陷入半昏迷的孩子是真的被殴打过——被打到全身抽搐，打到骨折，打到肝脏出血。

"明白。"皮埃尔医生回应道。电话另一端的接诊医生从不会说太多话。只有真正接触到病例才能做出判断，只有经过核实的信息才是可靠的。而且我们急诊科的医生见证的苦难太多了，早已耗尽精力和热情，只能用所剩不多的力气说出这两个字。

几天以后消息传来——那位父亲被控虐待，是他的行为造成了孩子的视网膜出血、脑挫伤、多处骨折，还有肝脏撕裂，我们并没有太过惊讶。这不是因为他看上去可疑，他在急诊室留给我的印象非常平淡。我们不感到惊讶，因为这就是我们一直在做的事。我相信每一位法医都会有同样的反应。是的，当你意识到人类会有多么可怕，这的确会让你感到恐惧和哀伤。但你已经不会惊讶了——尽管这种逐渐麻木的人性同样让人感到不安。现在还不知道那位母亲是否也会遭到控告。毕竟在过去的一年多，她一直都待在那个虐待女儿的父亲身边。

在我结束了和皮埃尔医生的通话之后，卡伦扎护士找到了我。

"急救队刚刚推进来一个呼吸停止的病人，是从养老院送过来的。他们在养老院的时候已经给那位病人插了管。现在那边只有一个轮岗到这里的牙科实习医师。我们很需要你。"

"当然。"我说完就跟着她去了 20 号病室。

一走进病室，我就看见一名护理人员正在用呼吸袋给病人送气；一名技师在给病人做胸部按压；一名护士在给病人安设监测仪器；另一名护士在给病人上第二套静脉输液设备。急救队之前已经给病人上了一套静脉输液设备。

"大家好，我是哈珀医生。情况如何？"

"你好，医生。玛丽·嘉内塔女士，78 岁，有糖尿病和心脏病。"一名护理人员向我说道，"她是在养老院发病的。实际上是她的家人发现情况不好，告诉了养老院。养老院给你们打过电话吗？"

我们全都摇摇头。

"天哪，当然没有。"那名护理人员叹了口气，"我们赶到的时候，她几乎已经没有呼吸了，本来就很微弱的脉搏也没有了。监视器上看不到脉搏的电活动。停跳时间也不知道，距离我们发现她已经有 15 分钟，给她注射过三剂肾上腺素。最后一剂大约是一分钟以前注射的。血糖水平 250。我们在现场给她的右侧脚踝建立了 20 口径的静脉通道，并且给她做了气管内插管。"

"谢谢。你们把该做的都做了。现在她已经在我们的监控之下了，我们能不能暂停心肺复苏，先做一下脉搏检查，替换下急救队？这样你们就能去做别的事了。请继续按压呼吸袋。

我听一下她的胸部。"没有呼吸，肺内无气息。我将食指和中指放在病人的颈动脉上，同时看向监视器，"没有脉搏。"屏幕上只有一条缓慢移动的蛇形曲线，起伏非常微弱。"没有脉搏电活动。请恢复心肺按压。用呼吸袋吹气。再注射一针胰岛素。"

我转头看向克丽丝特尔。她是负责做病危记录的护士。我请她每隔两分钟提醒我一次，让我能够持续对病人进行脉搏和呼吸节律检查，并掌握给药时间。在这段时间里，我完成了对病人的身体检查：双肺空气进入良好；血氧饱和度接近 100；呼吸袋按压一直在持续——这两点表明气管内插管处于良好状态。每次胸部按压，病人纤细的花白色头发都会随之起伏。她的面孔睿智而真诚，眼皮上涂了闪闪发光的桃红色眼影和炭黑色眼线。我把眼皮掀起，露出了放大的黑色瞳孔——现在她的瞳孔已经固定在扩张状态。她的身上没有创伤。除了不断被按压的胸部以外，其他部位也没有任何活动迹象。她的腹部很柔软。

"到 4 分钟了。该注射肾上腺素了。"克丽丝特尔宣布说。

颈部仍然没有脉搏。腹股沟也没有脉搏。显示器屏幕上仍然是一条细线，而且几乎已经完全平直了。

"再注射肾上腺素，好了，我们重新开始。谁去把超声波拿来？准备做下一步检查。她没有呼吸至少已经 19 分钟了，血液循环没有恢复，也没有明显心跳。如果没有人反对，我认为我们应该做下一步检查了，除非情况又有变化。"

"是的。"克丽丝特尔说道。大家都在点头。

"这里有她的家人吗？"我问道。

技师蒂娜回答道："没有。急救队说她的家人没有跟过来，因为他们还要打几个电话。他们很快就会到。"

"好的。"我说。

我们听到一声清脆的金属撞击，还有一阵嘎吱声。

"一根肋骨断了！"负责做胸部按压的杰瑞德护士说道。

"是的，但那声撞击又是怎么回事？"克丽丝特尔问。

我们向周围望去，病床是固定住的，也没有设备掉落。技师蒂娜在床左侧，她抬起嘉内塔女士的左臂，把她的手举起来。嘉内塔女士的指甲上涂着磨砂珍珠指甲油，无名指上有一枚结婚戒指。

蒂娜抬起头看向我们。"是她的结婚戒指碰到了床栏。"她轻轻把嘉内塔女士的手臂贴着身体放在床上。

"到时间了！"克丽丝特尔再次说道。

没有脉搏。没有心跳。没有呼吸。显示器上越来越纤细和缓慢的线条现在从各种角度来看都已经很平滑了。

"没有了，伙计们。"我说着，拉过了超声设备，"我们再检查一下她的心跳吧。"我在她的胸口正中挤了一团凝胶，把超声波探测头放在她的胸腔前壁上，贴近她的心脏区域。然后我将视线转向超声波屏幕，看到厚厚的灰色心房和心室一动不动，里面有积血形成的黑洞。唯一移动的只有我前后滑行的手，继续观察着这个完全停止的器官。

我将探头拿起，放进套子里。又抬头看了一眼挂钟，宣布道："死亡时间，下午 4 点 29 分。好了，我要去做记录，给验尸官和器官捐献部门打电话了。你们能否告诉我，她的家人会不会来？什么时候会来？"

"会来的。"克丽丝特尔回答道。

我请办事员帮我联系验尸官，然后打开表格进行记录。

"医生……医生？"一个声音有些踌躇地在喊我。

我转过身，看见克丽丝特尔一只脚站在病室中，另一只脚正对着我。

"什么事？"我问。

她有些古怪地看着我，张了张嘴，却没有说话，只是叹了一口气。

"嗯。"她眯起眼睛，咬住嘴唇，"我觉得你该过来看看。"

我立刻感觉到一阵恐惧。没有人会喜欢听到自己的同事说"你应该过来看看"。深吸了两口气之后，我跟随克丽丝特尔回到病室。

蒂娜抬起头，瞪大了眼睛看着我。克丽丝特尔在我身后拉上帘子。"医生，她在呼吸！"

"你说什么？"我问道。

蒂娜指了一下。"医生，你看。"

凝重缓慢的气息声从气管插管中传出来，时高时低。我又用听诊器听了病人的胸部进行确认。显示器上仍然只有一条直线。颈部没有脉搏。腹股沟也没有脉搏。

"克丽丝特尔，你能过来也检查一下吗？"我问道。

克丽丝特尔缓缓来到病床左边，把食指和中指放在病人的脖子上。"没有。"她报告说，随后又按住病人左侧的腹股沟，"唔……没有。"她难以置信地摇摇头。

我们彼此对视了一眼。

我皱起眉，把胳膊抱在胸前。"我从没有见过这种事。"

"医生。我的工作时间比你长多了，我也从来没有见过这种事。这到底是怎么回事？！"

"杰基！"我向办事员喊道，"请告诉验尸官先不用过来了。"然后我转回头看着克丽丝特尔，"我们必须取消这次死亡宣布，继续抢救。虽然高级心脏支持法则没有描述过这种情况，但我非常肯定，我不能宣布一个还有呼吸的人死亡。她怎么会突然又有了呼吸，却没有心脏活动？我还是完全不明白。"

克丽丝特尔在病危记录表上记下这一新的事态，并把抢救人员都叫了回来。

"杰基，请给德劳伦蒂斯医生打电话，他负责重症监护室。幸好他还是这位病人的心脏医生。为了确保没有疏漏，我必须让他也检查一下。你能不能再打电话给呼吸科？给她接上呼吸机，并且在我们进行处置的时候联系便携式胸部 X 光来确认气管内导管的情况？克丽丝特尔，病人有两套情况良好的外周静脉输液系统，我们先给她注入一剂多巴胺，因为她显然没有血压。这些暂时应该是够用了，因为我们也不知道能够做到什么程度。"

"好的。嗯，我们必须尽力试一试，对不对？"克丽丝特尔问。

我的医学训练对于解释嘉内塔女士的情况没有什么帮助。这不仅不是医学科学的问题，更显示出它在理解生命上的局限性。

"哈珀医生，德劳伦蒂斯医生要和你通话。"杰基向我喊道。

我拿起手机，把这件奇异的事情告诉他。他是一位温和的医生，因此他很容易地就接受了我描述的情况——如果换作有人突然给我打来电话，让我去救治一个没有心跳却还有呼吸、已经被宣告死亡却还没死的病人，我的反应一定不会像他那样平静。

我挂上电话，对抢救团队说："德劳伦蒂斯医生马上就到。他还会给病人家属打电话，他和他们很熟。"

没过多久，德劳伦蒂斯医生就出现在急诊室。

"我相信你在电话中所说的，但还是不能真正相信你。我只是来检查她一下，然后再看要怎么做。"

"我知道!"

"好的，让我和那一家人谈谈。我认识他们，也是我接收她入院的。从现在开始我来接手。我会把进展情况告诉你。"

"如果有什么需要，请一定告诉我。"

随后病人家属到了。德劳伦蒂斯医生和他们进行了交谈。

"我和她的家人谈了很久，对他们说了实际情况。我告诉他们，考虑到她已经昏迷这么长时间，心脏也不跳了，就算万幸能够活下来，她的大脑可能也不会再有什么功能了。他们都说她不会希望自己是这种样子，她希望的是当那个时刻到来时，能够平静而有尊严地离开。于是我们停掉了呼吸机和多巴胺。他们现在正坐在她身边，等待她的一个儿媳赶过来。你不介意我们再占用一下你的病室吧？如果这种情况持续太久，我保证我们会挪到楼上去。"

"没问题。有什么消息都请通知我。"

"好的。"他说完就回到了嘉内塔女士的家人身边。

德劳伦蒂斯医生刚刚走进病室没多久，我就看到一个泪流满面的女人在分诊护士的陪同下也走了进去。德劳伦蒂斯医生为她掀开门帘。门帘放下之后没多久，监测仪器的蜂鸣声就停止了。又过了一会儿，德劳伦蒂斯医生回到我身边。

"她走了。停止呼吸了。"

"就是这样？"我问。

"就这样。感谢你让我们使用病室。她的家人正在收拾她的物品，很快就会出来。他们会给殡仪馆打电话。你可以让护士把尸体送去停尸房。我会给验尸官和器官捐献部门打电话。毕竟她是我的病人，我会给她做死亡证明。"他拍拍我的肩膀，向我微微一笑，转身回重症监护室去了。

我走到护士站去拿留在那里的钢笔，顺便写完患者随访记录。实际上，我是想要再看一眼嘉内塔女士的房间。我在她周围看到了三代人——有可能是四代人。她的家人三三两两地从病室走出来，有蹒跚学步的孩子，有孩子的父母和阿姨，有中年夫妻，还有似乎是她的兄弟姐妹的老年人。蒂娜和克丽丝特尔在拆除监测仪器，将嘉内塔女士身体两侧的床单轻轻折好。让我感到惊叹的是她一直坚持到家人们赶来才离开，向他们最终道过别以后，才去了自己的休憩之地。

有人拍了一下我的肩膀，把我吓了一跳。

"哦，抱歉，医生，是我。"

是阿尔，医院的一名保管员。他总是会向我汇报他的健康目标，现在他已经减了不少体重，这让他能够把大部分治疗高血压和糖尿病的药物都停掉。我很高兴可以一直为他加油鼓劲。

他微笑着张开手臂，我和他拥抱在一起。

"出什么事了？"他问道，"你看上去有些魂不守舍。今天过得怎么样？"

"该从哪里说起呢？到底该从哪里说起？"我笑着说。

我应该提起那个被父亲打到不省人事的小女孩吗？我该如

何告诉阿尔，珍妮沉默的身体在不停发出呼唤，希望得到倾听、关照和拯救？我不知道自己是否应该详细描述那个小身体是如何包含了一百万个真相，如果不仔细去看就无法得知。还是我应该先告诉他那位老妇人从死亡状态回来，向她的家人最后道别。她的身体本来已经准备好进入平静的彼岸，但她的灵魂还有最后一个任务要完成。我是否应该告诉他，无论是在我的医学书籍中，还是在整个"科学"的领域，都没有任何知识能够解释，在一个人濒临死亡的时候，她怎么能够等待足够长的时间，刚好让她所爱的人们聚集在她周围。

或者也许我应该先告诉阿尔，这曾经是我最痛苦的一年——或者更确切地说，是最痛苦的几年。我是否应该告诉他，也许正是因为我所遭遇的挑战将我带到了绝望的边缘，我才得以发现一种全新的自由？是否应该向他解释，我的身体正在向我的内心和灵魂发出信息，而我已经学会一次又一次地在生活的转变和心灵的较量之间去接收这些信息，尝试去翻译它们，只是我还没有完全掌握这种语言？我是不是还应该告诉他，虽然还不是很清楚，但我能感觉到这些信息在告诉我，要有更多的爱，要让自己幸福，无论发生什么？

或者我可以先告诉他，我终于明白了，所有身体都拥有一种智慧——会因为渴望被感谢、被喜欢而疼痛。如果我仍然有足够的力量去倾听，有足够的勇气去脆弱，去相信人生的可能性，我就会知道，我已经被治愈了。

小珍妮在醒来的时候很可能会获得重生。嘉内塔女士也将复活。在我生活的转变中，我同样觉得自己仿佛活过，死去过，又再次活过来。

而最后我对他说的只是："阿尔，今天真是这非常疯狂的十年里最疯狂的一天。"

"你还好吗？"他明显有些担心我。

"我很好。我还会变得更好。"

"你要离开我们了，对不对？"

我向他报以微微一笑。我不想让他失望，但也不想说谎。"不，阿尔，不会这么快。我希望能找到更好的方式为人们服务，用更好的方式做一名治疗者。照顾病人一直都是这个目标的一部分。"

"你知道，医生，这里总是人来人往，大家都待不久。好人被挤出去，坏人却得到晋升。我希望你能留下来。你说的治疗——这正是我们需要你在这里的原因。你可以治疗很多人。"

听到他这样说，我深深地吸进了这一天中最让我感到温暖的一口气，然后呼出去，完全恢复了精神。

"谢谢你，阿尔。谢谢你带给我的一切。"

我拍拍他的肩，然后就去收拾我的咖啡杯、水瓶和包。我会把未来想清楚的。我会好好度过今晚、这一周、这个月和这一年。我会一直倾听我需要去听的声音。我想起自己曾经读过的一句话——真理就是永远不会改变的东西。这让我意识到，绝大多数的事情都不再那么重要。当我向自己承诺要去深爱真实的东西时，我就让其他一切都依照自己的时间和方式消失了。我制订了一个计划，我会在明天早上醒来，会在这个真实的空间里练习瑜伽，不管明天和瑜伽会带来什么。

"晚安，阿尔！"

"晚安，医生！"

尾　声

没有灵魂的黑夜，没有你所相信的一切荡然无存，没有你所以为的自己被彻底毁灭，重生就不可能出现。

——哈兹拉特·伊纳亚特·汗

伤痕是一件非凡的礼物。如果我们接受它，它就能扩展我们改变的空间。正是当我们立足的岩石出现裂痕的时候，我们才会明确地察觉到有一些东西已经掉落了。当我们因为疾病、死亡、破产或者任何形式的伤痕而不复存在的时候，我们才有机会看到一种全新的生活方式。那些曾经被高楼遮蔽的风景，才会突然显露在我们面前。

就像斯帕诺先生一样，我也曾经对生活的坚硬与荒凉忍无可忍，却只是在一片废墟中挑挑拣拣，再把找到的一切扛在肩头，拖在身后，被哀伤的重担压弯了腰。但毁灭也会变成一个十字路口：我需要选择是继续留在灰烬中，还是抛下重担继续前行。这是一个机会，让我恢复成"空"的状态，只是我已经变得比从前更加坚韧，拥有了能够爬过废墟、走向另一种人生的力量。

就在小珍妮因为父母的残忍而受到伤害的几天前，维姬挣脱掉过去遭受的虐待，重获自由，选择进入了一个健康的新世界。当我的人际关系、个人生活和职业生涯都开始重建时，我才终于看到了真实的自己：真正的幸福只会且永远发自内心。任何收获都必然会伴随着失去，首先是坠落，然后真正完整的灵魂才能从黑夜中走出来。

所以我选择与玛丽和多米尼克一起站在门前。医学，一如瑜伽，一如地球上全部的存在，是一种日常的练习。它是一个机会，我们应该选择它，用它来治疗人的身体和精神。我们也彼此治疗，通过治疗对方，我们治疗了自己。

这就是我的故事。

这不是一本渲染浪漫的故事集，也不是一本追忆失去的笔记簿。这是一个关于用爱进行重建、让一切变得更好的故事，一个蝴蝶从黏液中诞生的故事，一个奋力展开新生的翅膀向天空更高处飞翔的故事。只有那里是治疗发生的地方，是治疗者居住的地方。

致　谢

感谢母亲、艾琳姨妈、约翰、伊莱、贾克斯、金姆和其他家人——那些与我有血缘和有因缘的家人。感谢本书中提到的所有对我在这条道路上的前行有过帮助的人，无论我有没有写出他们的名字。

感谢我的第一位编辑奥古斯特，是他点燃了我的激情。感谢安妮成为我的编辑、顾问，以及无话不说的朋友。感谢我的出版经纪人伊丽莎白，是她给了我机会，因为她相信我。感谢我在河源出版社的编辑杰克，是他把我推出了舒适区，让我不断成长——顺便说一句，非常感谢你辛辛苦苦地帮我输入文本。感谢文字编辑们毫不留情地打击我，忍者不就是这样练成的吗？感谢里弗黑德，是他让我的愿望成真。感谢每一位精神导师，是他们让我保持理智。当然，也要感谢这片土地，只要我们愿意迈出下一步，它就会毫不迟疑地接纳我们。